AF131509

Myriam SALOMON est l'auteure de nombreux ouvrages dont la série thriller Gabriel Beauregard débutée en 2007.

Ses lecteurs lui font l'honneur de la suivre depuis sur tous ses ouvrages.

Myriam Salomon vit près de sa ville natale de Nice en France. Quand elle n'écrit pas, ce sont des promenades en pleine nature et la compagnie de ses chats qui lui procurent ressources et énergie.

Les Hirondelles seront toujours là (Autobiographie)

Coeur à cris (textes intimistes)

Gabriel Beauregard « la rencontre » (thriller)

Couleurs de vie (textes intimistes)

A la limite du monde (nouvelles fantastiques)

L'Ariège à vélo et 10 jours à vélo dans les Cévennes (carnets de voyage)

Visions (2e épisode de Gabriel Beauregard)

Mémoires amnésiques (3e épisode de Gabriel Beauregard, **toujours en vente chez Morrigane Editions)**

Ils sont partout ! Les cons (humour)

© 2022 Myriam SALOMON
Édition : BoD – Books on Demand,
info@bod.fr
Impression : BoD – Books on Demand,
In de Tarpen 42, Norderstedt (Allemagne)
Impression à la demande
ISNB 978-2-3224-3668-2
Dépôt légal : Novembre 2022

LA RACINE DU MAL

Une enquête de Gabriel Beauregard

1

Townlake, Montana, États-Unis,
8 janvier 2015, 15 h 20.

Je saluai le chauffeur de taxi et le regardai
s'éloigner au fond de l'allée donnant accès à la
route principale. J'eus un frisson. L'hiver
s'avérait rigoureux cette année. Je boutonnai
mon pardessus anthracite jusqu'au cou, puis
saisis mon sac de voyage posé dans la neige
durcie par les vents balayant la zone. Je fis
quelques pas et m'immobilisai pour sonder les
environs et l'habitation où j'allais passer trois
mois pour terminer un manuscrit.

Une magnifique, grande et vieille demeure me
faisait face avec des fenêtres encadrées d'un
lierre au tronc épais qui prenait racine en plein
milieu de l'architecture. Ses ramifications qui
mangeaient la façade m'évoquèrent une
gigantesque toile d'araignée.

Certainement charmant sous le soleil, le site
était sinistre par cette météo. Aucun
mouvement n'était perceptible comme si la vie
avait pris la fuite.

Ambiance parfaite pour écrire un thriller...

L'eau du lac attenant scintillait tel un vieux
miroir tacheté aux reflets argentés où
dérivaient lentement branches et feuilles
mortes. Je m'approchai de la rive et me

penchai au-dessus de l'onde. Un poisson surgit, soulevant avec lui un nuage de vase. Je sursautai.

Imbécile ! Tu t'attendais à quoi ? Un cadavre ?

Je me dirigeai vers la volée de marches en demi-cercle de l'énorme masse du bâtiment priant en mon for intérieur pour que le chauffage ait été bien mis en marche. La température frôlait une moyenne polaire. J'étais accoutumée au climat de Spokane dans le Washington ; on ne s'imagine pas à quel point la ville tient chaud. Je le réalisai seulement en ce moment précis où je me retrouvai encerclée par la forêt. Cette résidence allait me servir de villégiature pour un séjour qui m'apparut tout à coup très long. Je m'interrogeai sur la pertinence de l'utilité de m'isoler alors que je n'avais jamais mis les pieds en dehors de mon agglomération depuis des années, me contentant de faire du jogging dans des parcs, certes arborés mais qui n'avaient aucune commune mesure avec les immensités d'ici.

On était venu déblayer les marches et y disposer du gravier qui crissa sous mes semelles. Je sortis une enveloppe qui contenait la clé que je tournai avec précaution comme si je craignais de déranger quelqu'un.

L'intérieur, accueillant et empreint d'une douce chaleur me détendit. L'impression d'avoir pénétré dans un temple m'envahit. Le vestibule était haut de plafond. Deux peintures accrochées aux murs latéraux représentaient des scènes du Moyen Âge comme j'avais pu en voir dans les musées Européens. Une licorne défendant une jeune fille contre les assauts de démons ailés et Pégase planant dans les cieux. Les deux œuvres avaient un cadre large sculpté et décoré à la feuille d'or. Une comtoise trônait dans une alcôve et égrenait les secondes de son lourd balancier à l'instar d'un rythme cardiaque. Je posai mes affaires pour arpenter le rez-de-chaussée.

Le salon grandiose avoisinait les soixante mètres carrés et était doté d'une cheminée dont le manteau arrivait aux épaules de mon petit mètre soixante-cinq. Un coin bibliothèque débordait d'ouvrages reliés en cuir que je caressai du bout des doigts. Des fauteuils club un peu usés, certainement chinés chez un antiquaire, occupaient un recoin non loin de l'âtre et donnaient au tout un aspect cosy. Une table en noyer pouvant accueillir quatorze convives longeait le mur percé d'une baie vitrée offrant une vue sur le lac.

Où allai-je m'installer pour écrire ? J'avisai

un secrétaire imposant taillé dans du bois d'acajou, le plateau marqueté d'un angelot. J'en ouvris les tiroirs. Tous étaient vides sauf un, rempli d'une quinzaine de missives.

Ai-je le droit de regarder de quoi il s'agit ?

Mes démons intérieurs renforcés par ma curiosité eurent raison de moi.

L'écriture était enfantine sur tous les plis datés de 1986 à 1990.

Sont-ils là depuis toutes ces années ? Appartiennent-ils au propriétaire de la demeure ? Pourquoi les laisser ici ? Les enfants écrivaient-ils dans ces années-là ?

Ma conscience me gagna et je refourrai l'ensemble là où il avait été rangé. Le gong de la pendule sonna seize heures me sortant d'une léthargie qui m'avait recouverte comme un pesant manteau sans que je m'en rende compte.

Bon, j'ai un livre à terminer !

J'escomptais me rendre à l'étage quand mes entrailles me rappelèrent que mon dernier en-cas remontait au petit déjeuner avalé en vitesse avant de quitter mon appartement de Spokane à sept heures du matin.

Je découvris à la cuisine deux énormes cartons avec une carte qui m'était adressée. « Tu ne croyais tout de même pas que j'allais te laisser marcher dans la neige à peine arrivée !

Ed. »

Je m'empressais d'éventrer les paquets : des victuailles pour quinze jours, du sherry et cinq bouteilles des meilleurs Bourgogne français.

Edward Mac Alan était mon ami et éditeur depuis sept ans. Nous nous étions rencontrés en 2010 lors d'un festival du livre alors que lui débutait dans l'édition. Quant à moi, je pensais que tenter ma chance auprès d'une maison modeste plutôt que d'être noyée dans la masse des manuscrits qui devait s'entasser dans les bureaux des grosses boîtes, me serait plus profitable en évitant de brûler les étapes.

Mon instinct s'était avéré excellent. Les ventes avaient été retentissantes dès le premier livre et cela n'avait jusqu'ici jamais changé.

Évidemment, il y avait un revers de médaille à ce succès : se farcir les mondanités ; ce qui était bien loin de me coller à la peau. Alors qu'Edward nageait comme un poisson dans l'eau dans l'univers de la jet-set, cet aspect me mettait mal à l'aise. Après quelques essais catastrophiques de mes incursions dans les dîners mondains, nous avions décidé d'un commun accord, qu'il s'acquitterait seul de ce rôle jouant sur le mystère de l'auteure fantôme.

Pressée de prendre mes marques, je me contentai d'ouvrir un pâté que je tartinai sur de larges tranches de pain de mie. Tout en mastiquant, je sondai trois placards qui regorgeaient de porcelaines, céramiques, ustensiles en bois et aluminium, vieux d'au moins cinquante ans. Plusieurs casseroles et marmites étaient suspendues à des crémaillères. Une vieille gazinière en fonte à six feux s'affichait majestueusement au milieu de la pièce.

Je m'appuyai à l'évier en grès et scannai l'espace à la recherche d'une cafetière moderne. Je dus me rendre à l'évidence que seul l'artefact que je venais de dégoter, était à ma disposition. Je tentai de me remémorer ma mère alors que je n'avais que huit ans. Un sourire s'imprima sur mes lèvres alors que mes souvenirs la matérialisaient ; femme au cœur tendre, en train de me confectionner un chocolat chaud. En fermant les yeux, je parvins à sentir l'odeur du lait fraîchement rapporté de l'étable du village. Nous y passions les vacances d'été. Les choses me revinrent : mettre le café moulu dans le panier, remplir d'eau le bas, visser le haut et mettre sur le gaz pour porter le tout à ébullition.

Cinq minutes plus tard, je dégustais ma boisson en admirant, depuis le salon, les rosiers taillés. Malgré la dominance de la neige, je devinai un jardin qui faisait l'objet de l'attention d'une personne très avisée, voire d'un professionnel. Je me débarrassai de ma tasse vide et m'enquis d'allumer la cheminée. Des bûches et du petit bois avaient été rentrés dans un panier en osier. Je mis un bon quart d'heure à faire partir les flammes, puis installai un des fauteuils devant.

Engourdie par l'atmosphère ouateuse, le confort de mon assise, je me pris à rêvasser quand un bruit long et sourd retentit depuis le vestibule : quelque chose tombait dans les escaliers !

Je courrai au pied des marches. Rien. J'aurais juré avoir entendu une personne dégringoler. Je passai une main dans mes cheveux courts à la garçonne.

Ce doit être la fatigue de la journée. Et si je montais me choisir une chambre !

J'empoignai mon sac bandoulière et pris mon temps pour gravir les marches en lattes qui craquèrent. Rapidement, je m'avisai de l'état de mes chaussures sales qui pourraient endommager la belle moquette épaisse lie-de-vin. Souliers en main, je continuai l'ascension. Je découvris un palier qui se répartissait des deux côtés, non éclairé et si long que je n'en voyais pas les extrémités tout en devinant les premières portes.

Orteils enfoncés dans le revêtement à travers

mes bas en nylon, j'abaissai mes yeux sur eux. La couleur du revêtement moelleux était si éclatante qu'on aurait pu croire qu'il venait d'être récemment changé.

Les lettres découvertes ressurgirent dans mes pensées.

Les enfants qui les ont écrites occupaient-ils les chambres ?

J'éludai cette question d'un haussement d'épaules qui se voulait désinvolte, mais mon esprit tout entier refusait de renoncer à cette idée.

Cette maison a tout d'un conte d'Andersen...

La comtoise annonça seize heures trente dans un silence qui me sembla prendre de l'épaisseur.

Alors que j'avançais vers la première entrée sur la droite, je me surpris à marcher à tâtons. Bien que sentant mon comportement dénué de sens, mon épiderme se hérissa. Cette demeure était à la fois envoûtante et lugubre pour des raisons qui m'échappaient tournoyant dans les méandres de mon inconscient.

Tout cela devient ridicule, je vais juste prendre une chambre ! Qu'est-ce qui me prend ?

J'accélérai le pas et appuyai sur la poignée, bien décidée à conjurer mes appréhensions. Je me heurtai à un mur.

— Fermée !

Cela m'avait échappé à voix haute comme quand j'étais gosse et flippais le soir dans mon lit imaginant une horde de monstres prêts à me bondir dessus.

— Bon, c'est normal. Le propriétaire n'a dû laisser qu'une chambre libre.

J'inspirai profondément avant de m'essayer à une autre porte. Close également. Même résultat pour la troisième. Une angoisse immature et irrationnelle m'intima de ne pas m'installer dans une de celles trop éloignées de l'entrée principale de la maison au cas où un danger se présenterait soudainement. La manie des auteures de polars, il est clair que c'est de croire que tout est suspect ! Je maudis intérieurement cette absurdité engendrée par mon esprit trop créatif.

Je revins au centre du couloir et chargeai au sein de l'aile gauche du bâtiment sur l'ouverture la plus proche. Je faillis m'affaler au beau milieu de la pièce alors qu'elle était ouverte.

— Punaise !

Je repris mon équilibre. La décoration correspondait à celle du bas, riche et raffinée, lit doté d'un sommier haut à l'ancienne, certainement bourré de laine, matelas vaporeux recouvert d'un boutis imprimé d'iris mauves et blancs. J'enfonçai une main pour en apprécier la souplesse, m'y installai pour admirer le reste : lustre en cristal de Murano – au souvenir de Venise, un sourire naquit en moi – moulures en corniche sous le plafond. Un volume suffisamment grand pour ne pas se sentir oppressé.

Thème, qualité du mobilier et le choix des accessoires décoratifs ; l'occupante des lieux avait dû être une femme de goût.

Une vieille brosse à cheveux au manche en ivoire reposait sur le marbre d'une coiffeuse dont le tain de la psyché était marqué de minuscules mouches couleur rouille. Prise d'une indicible envie de la toucher, une force inconnue m'en empêcha. Je me contentai de l'examiner. Toutefois, je l'effleurai des doigts et à cet instant précis, sentis un souffle sur la nuque qui me glaça d'effroi. Je portai une main à mon cou en me retournant. Seule. J'allai vers la porte pour la claquer ce qui provoqua un appel d'air glacial.

C'est donc cela : seules les pièces que j'occupe sont chauffées, le reste de la maison ne l'est pas et cela crée des courants d'air.

Je sortis de la salle de bains en me frictionnant les cheveux énergiquement à l'aide d'une serviette éponge, enveloppée dans un peignoir et avançai à la fenêtre qui donnait sur le nord du parc. La poudreuse habillait les arbustes d'étranges apparats. Seules trois statues ressortaient de cette blancheur immaculée, leur inertie renforcée par la blancheur omniprésente. Un corbeau se percha sur le bras tendu de l'une d'elle.

Hitchcock maintenant !

Je me vêtis d'une tenue décontractée, pantalon de flanelle gris, pull col en V rouge carmin, baskets noires.

En sortant, je remarquai un cadre accroché à l'extérieur dans le couloir avec une photo noir et blanc sur laquelle un petit garçon souriait gauchement.

Drôle d'endroit, d'habitude, on met ça plutôt sur sa table de nuit.

En observant de plus près le cliché, je notai le regard sombre du petit.

Le gamin a l'air triste à mourir...

— C'est toi qui as écrit toutes ces lettres ? Ce gosse fiche la chair de poule !

Je passai le début de soirée à disposer mon coin travail : ordinateur, notes, dictaphone. Même si je me déplaçais toujours avec un carnet et un crayon, il m'arrivait de laisser sur un enregistreur des remarques ou de dicter une phrase spontanément.

Ayant envie de me détendre un peu, je cherchai une station d'écoute musicale, mais après avoir fait tous les recoins du salon, je m'aperçus qu'il n'y en avait pas et rageai un peu de ne pas avoir emporté ce qu'il fallait de chez moi.

Je décidai de contempler l'extérieur éclairé par des lampadaires solaires. Debout, derrière la baie vitrée, je distinguais la brume à la surface du lac qui, depuis mon arrivée, occultait les alentours. J'inventais toutes sortes de possibilités aussi tordues qu'improbables. Encore ma manie d'écrivaine !

La fatigue s'abattit sur moi sans crier gare et je me collai littéralement à la cheminée dans ce que j'appelais déjà mon fauteuil. Une sensation proche de celle des conversations entre amis, quelque chose de chaud et rassurant me gagna.

Je m'endormis recroquevillée sous un plaid.

2

Townlake, 9 janvier 2015, 7 h.

Les pionniers qui se sont installés dans l'État du Montana l'ont surnommé Big Sky Country, La Contrée au Grand Ciel, en découvrant de grands espaces aux larges vallées surplombées par les montagnes Rocheuses à l'ouest qui contrastent avec de vastes plaines à l'est. Des sols riches de minéraux, une agriculture fortement implantée, de l'élevage ainsi que l'exploitation forestière en ont fait sa renommée au cours des siècles.

Townlake est une petite commune située à deux mille six cent trente mètres d'altitude et nichée au pied de Big Belt Mountains, un des sommets des Rocheuses. À cent kilomètres au nord, il y a la ville de Butte qui a profité de l'extraction de cuivre des mines d'Anaconda dans les années soixante-dix, aujourd'hui épuisées. Butte s'est peu à peu transformée en ville fantôme comme beaucoup d'autres dans le Montana dont certaines comme Bannack ont tiré parti du tourisme organisant des visites Back to Western avec tout le folklore s'y rattachant, tour en calèche, spectacle de rodéo, saloon reconstitué, figurants vêtus en cow-boys et indiens, boutiques de souvenirs à gogo.

Plus au nord, on croise le fleuve Missouri et la

ville de Great Falls.

Townlake est entourée de massifs montagneux et subit des hivers assez rigoureux y rendant la vie peu aisée en cette saison. Quelques fous de glisse viennent fréquenter les stations de ski de Red Lodge-Grizzly Peak ou de Big Sky Area. C'est à partir du printemps que la communauté bénéficie de l'influence d'Helena, capitale du Montana, en accueillant les estivants venus pratiquer pêche, marche en montagne, VTT, canoë.

Si on survole les environs et qu'on se dirige vers un immense lac à la forme oblongue, on aperçoit un ponton en bois, une clairière et un chalet adossé à la forêt, fenêtres éclairées alors que le jour pointe à peine.

Gabriel caressait le creux du coude de Sofia qui appréciait les yeux mi-clos, tête posée sur le torse puissant de son amant. Régnait une température avoisinant les vingt degrés grâce au poêle en fonte qui ronronnait dans la pièce adjacente de cinquante mètres carrés aménagée d'un coin cuisine-salon.

Depuis le lit, ils pouvaient voir un chien se prélasser ventre à terre devant les flammes, le museau enfoui entre ses pattes.

— Regarde-moi-le, c'est le plus heureux ! dit l'homme.

— C'est sûr ! Aucun problème ! La belle vie !

Tous deux rirent.

— T'en penses quoi de cette maison ? demanda Sofia.

— Oh non, pas de boulot au plumard, on a dit !

— Depuis que cette femme a débarqué hier, je me pose aussi des questions, continua sa maîtresse ignorant ses protestations.

— Brody voit le mal dans tout, rétorqua Gabriel qui enfilait un caleçon. D'ailleurs, il a fait vite ! Installée hier et déjà surveillée !

— Oui, il a des yeux dans toute la ville. N'empêche : vingt-cinq ans ! Y a forcément un loup !

— Les flics, faut toujours que vous voyiez le verre à moitié vide.

— C'est notre job de déceler les gens louches. Et je te signale que tu fais partie de l'équipe.

Sofia s'était également mise à se vêtir d'un pantalon d'équitation, un tee-shirt et une polaire jaune paille. Elle entreprit de refaire sa queue de cheval en vitesse avec ses doigts sans prendre la peine de les coiffer. Elle s'approcha de Gabriel et l'enlaça.

— Avoue que t'aime ça jouer aux enquêteurs toi aussi. Usant de sa voix mielleuse, elle frotta sa joue sur la barbe naissante de son compagnon. Ça te rapproche d'eux.

— J'aurais préféré que ça se fasse autrement.

— Ils ont ça dans la peau, on n'y peut rien,

soupira la jeune femme qui se détourna de lui pour quitter la pièce.

L'husky se redressa afin de quémander une caresse.

— Bon chien ! Elle lui flatta les flancs.

— Je file !

— Et le café !

— Pas le temps !

L'homme entendit les pneus du 4x4 de Sofia crisser sur la neige moins d'une minute plus tard.

Gabriel Beauregard s'était établi à Townlake, trois ans auparavant. Trente-sept ans, stetson vissé sur la tête, regard noisette et épaules de déménageur, il bossait pour une société de protection de la faune sauvage et participait à des travaux forestiers. Souvent sur la réserve, solitaire, il ne rechignait pas pour autant à tendre la main à qui le voulait. Cela en faisait son charme et aussi sa faiblesse ne sachant dire non.

Peu de monde le savait, mais il était venu ici après avoir perdu sa fiancée Elsa dans une avalanche lors d'une balade en raquettes. Selon lui, cet effroyable drame avait été de son fait. Ce jour-là, il avait laissé la fille s'occuper de la météo qu'il n'avait pas vérifiée lui-même. Cette dernière avait confondu le nom de deux massifs montagneux distant de plusieurs kilomètres, l'erreur avait été fatale.

Cela datait de plus de cinq ans et il ne parvenait pas à tourner la page, la culpabilité le rongeait. Pourtant, la rencontre avec Sofia l'avait un peu réconcilié avec l'amour. L'amour en fait, il se demandait si c'est ce qu'il ressentait pour elle. Il appréciait beaucoup sa présence, son caractère tranché. En revanche, il avait du mal à se faire à son boulot de policière.

Ainsi, après s'être installé là, Gabriel avait cru pouvoir couler des jours tranquilles et passer son temps à faire du canoë sur le lac et des parties de pêche. En fait de sérénité, il s'était retrouvé embrigadé dans une affaire de clonage animalier et de règlements de compte qui l'avait tout droit mené à retrouver son père et son frère plus vus depuis ses sept ans.il

Ses yeux accrochèrent l'horloge murale de guingois.

— 7 h 40, faut que je file !

3

Bureau du shérif de Townlake,
9 janvier 2015, 9 h.

Le bureau du shérif Brody était surnommé l'antre. Il s'y enfermait des heures pour réfléchir et gare à celui qui serait venu le déranger sans y avoir été convié. Pour communiquer avec ses collègues, il se servait d'un interphone orange aussi kitch qu'un accessoire de décor de James Bond avec Roger Moore.

Brody lisait un rapport, jambes sur le bureau prolongées de santiags hyper usées qu'il faisait interminablement ressemelées.

La couleur des murs ne transparaissait plus tant recouverts de documents, notes manuscrites ainsi que de coupures de journaux. Un tableau blanc sur trépied était rangé dans un coin avec des feutres de couleur. Tout un bric à brac croulait sous un amoncellement de cahiers, stylos, blocs papier dans lequel seul Brody s'y retrouvait.

Un cendrier, encore plus antique que l'interphone, supportait un mégot de cigare d'un centimètre de diamètre et l'atmosphère empestait le tabac froid. Ceci expliquait pourquoi les adjointes devant parfois venir chercher un dossier, le faisaient toujours munies d'un vapo de parfum qu'elles dégainaient subtilement dès qu'elles reclaquaient la porte.

Taillé comme un catcheur d'un mètre quatre-vingts non entamé par ses soixante années, la voix rauque usée par deux paquets de cigarettes hebdomadaires, Brody était charismatique.

Désireux de terminer une carrière de vétéran de l'armée en se rendant utile, il avait choisi Townlake pour sa taille humaine.

Bâti pour faire régner l'ordre, cartésien, c'était un homme d'action pragmatique. D'apparence froid et renfermé, son regard bleu acier pouvait en refroidir plus d'un en un éclair. Justice et honneur étaient ses maîtres mots, sa philosophie de vie.

Certains le surnommaient John Wayne et bien qu'il n'eut pas été supposé le savoir, cela lui plaisait bien. Entre sa stature, son chapeau texan et sa démarche chaloupée, il faisait vraiment illusion. Manquait plus que la Winchester qui n'avait servi qu'à impressionner ses enfants quand il leur racontait la conquête de l'ouest.

Brody s'arracha au passé, se redressa en poussant son fauteuil en cuir noir et appuya dans un même mouvement sur un des boutons de l'interphone.

— Greg ?

L'appareil grésilla.

— Greg ?

— J'suis là, répondit une voix lascive.

— Amène-toi.

— Maintenant ?

— Évidemment ! Sinon, pourquoi je t'appellerais à l'instant ?

— J'aaarrriiive.

Grégory fit un clin d'œil à une charmante assistante policière à la crinière rousse.

— Le devoir. On se voit ce soir comme prévu ?

La femme lui lança un regard entendu discret et s'esquiva les bras chargés de cartons d'archives.

Grégory entra sans frapper et s'assit sur une chaise face à son père calé dans son siège.

— Alors, qu'est-ce qu'a donné ta première planque la nuit dernière ? Le shérif n'aimait pas s'encombrer de préambules.

— Pour commencer, il a fait, je crois, moins dix degrés. Mais comme j'étais en mission, pas question de laisser le moteur tourner caché dans les bois et donc pas de chauffage dans le pick-up...

— Greg !

— OK. Moi je disais ça pour planter un peu le décor...

Brody soupira.

— Si on allait droit au but ?

— D'accord ! Si la météo ne t'intéresse pas... En fait, je n'ai pas grand chose à raconter. Je crois bien qu'elle n'est pas allée se coucher.

— Qu'est-ce que tu veux dire ?

— Les lumières du salon et du vestibule sont restées allumées toute la nuit !

— Toute la nuit ?

— Oui, je viens de te le dire ! Toute la nuit !

— Mais qu'a-t-elle fait tout ce temps ?

— Ah ça...

— T'en sais rien ? Son supérieur était furieux.

— Bien sûr que j'en sais rien ! Comment voulais-tu que je puisse savoir ce qu'elle faisait depuis l'intérieur de ma voiture ?

— Fallait aller voir ! T'approcher de la maison, regarder par les fenêtres... Faire ton job quoi ! Ah on est bien avancés ! Je comprends pas, d'habitude t'es curieux comme une fouine, et là, monsieur reste dans sa caisse !

— Je pense que tu te fais du mouron pour rien. D'accord, cette maison était vide depuis vingt-cinq ans et tout à coup, une femme l'a loue. Je vois pas où est le problème.

— Greg, je ne sais pas comment te l'expliquer, mais mon intuition me dit que c'est pas normal. Tu sais qu'il y a eu un meurtre dans cette maison ?

— … Ah non. Récemment ?

— Y a vingt-cinq ans justement !

— Sans déconner ? Tu m'as convoqué pour me parler d'un meurtre vieux d'un quart de siècle ? Depuis le temps, l'affaire a été bouclée.

— Justement non figures-toi. L'assassin court toujours.

— Si tu veux mon avis, faudrait être complètement stupide pour revenir sur les lieux de son propre crime autant de temps après.

— Ça s'est déjà vu, grommela Brody. T'y retournes ce soir ! Je veux savoir ce qu'elle fiche !

— Ce soir ? Mais...

— Quoi ? T'as un problème ?

— …

— T'as un rencard ?

— M'ouais… Grégory se vit un instant dans les bras de sa belle.

— C'est simple : t'annules gentiment et tu lui redonnes un rendez-vous pour demain. Brody joignit le geste à la parole paumes en l'air. Simple !

— Archi simple, PAPA.

Route principale en direction d'Helena, 9 janvier 2015, 7 h 30.

Immédiatement après avoir quitté Gabriel, Sofia filait droit sur Helena au département des archives de la police. Parallèlement à ses activités occultes, elle tenait le corral de son ancêtre depuis dix ans.

À vingt-cinq ans, elle avait embrassé la carrière de policière pour s'établir à New York. Son rêve de gamine : résoudre des affaires comme dans les films. Elle s'était vite rendu compte qu'elle n'était pas taillée pour ce type de jungle. Retour au bercail.

C'est ainsi que Brody l'avait recrutée pour constituer son équipe : lui, Grégory et Sofia veillaient sur Townlake qui n'était pas une ville aussi sereine qu'on aurait pu le penser. De temps en temps, des macchabées refaisaient surface lors du dégel du lac ou d'autres étaient retrouvés étripés dans la forêt. 2

Villa du lac, 9 Janvier 2015 – 7 h.

Les dernières braises avaient refroidi depuis longtemps laissant planer une odeur calcinée. J'arrachai mon corps du fauteuil, m'étirai en marchant vers le vestibule ce qui me permit de m'apercevoir que même le plafond était décoré façon chapelle Sixtine : des angelots flottaient sur des nuages et soufflaient des baisers. Cette beauté me subjugua.

Une autre particularité attisa ma curiosité : les poteaux au bas de la rampe d'escalier supportaient deux aigles face à face semblant se défier.

Détail singulier.

Préoccupée par mes élucubrations, je réalisai à quel point l'air était froid dans ce passage. Par réflexe, je plaquai les bras autour de mon corps et montai quatre à quatre les marches.

Alors que j'ouvrai la porte un je-ne-sais-quoi émit un bruit de verre brisé sous mes Nike.

— Mince !

Je venais de réduire en miettes la vitre de la photo du jeune garçon. Je m'accroupis pour entreprendre de les ramasser délicatement en évitant de me couper. Je retournai le cadre.

Non. Ce n'est pas possible.

La veille, l'enfant souriait bouche close. J'en

étais certaine. À présent, ses lèvres étaient retroussées dans un rictus haineux. La différence était quasi imperceptible mais réelle. Je me redressai pensive. Fixant le cliché tout en marchant, je le déposai sur la coiffeuse près de la brosse à cheveux que je scrutai comme pour en percer un secret enfoui depuis des années. Ces deux objets exerçaient sur moi une attraction malsaine.

— Arrête tes âneries ! Ce n'est qu'un cadre qui a dû tomber parce que sa ficelle se sera usée avec le temps et ça, ce n'est qu'une brosse !

J'avais encore palabré seule. Je secouai la tête et me dévêtis pour me doucher.

L'eau chaude et la perspective d'une bonne journée d'écriture me mirent de bonne humeur et j'achevai ma toilette en fredonnant la chanson du générique de fin du film Poltergeist.

J'enfilai mon bas de jogging quand la sonnette d'entrée retentit.

Qui cela peut-il bien être ? Tout le monde, hormis Ed, ignore ma présence ici.

On insista.

— J'arrive !

Je pressai le pas, passai le seuil, me retournai inexplicablement pour étudier le bout de fine corde qui maintenait le cadre. Je l'effleurai des doigts.

Pas usée...

Cette fois, on tambourinait aux battants ; je dévalai les marches et me recoiffai des deux mains prise d'un geste inconscient de coquetterie.

— Bonjour ! Je ne vous dérange pas j'espère ? Il est encore un peu tôt.

Mon visiteur jeta un œil à sa montre, l'air faussement gêné.

— Bonjour... Oh non, pas du tout. A qui ai-je l'honneur ?

— Beauregard. Gabriel Beauregard.

Je serrai mollement sa main ne sachant quelle contenance adopter. Coiffé d'un stetson en cuir, vêtu en dégradés de marron, c'était la réplique d'Indiana Jones ! Avec le fouet en moins quand même !

— J'ai aperçu des lumières hier soir. Ne voyant pas de traces de véhicule, j'ai pensé que vous auriez peut-être besoin d'un chauffeur pour aller en ville.

— Oh... C'est bien aimable. Mais j'ai tout ce qu'il me faut. Mais entrez, il fait un froid épouvantable ! J'allais faire du café si ça vous dit.

— Un café bien chaud en plein hiver à Townlake, ça ne se refuse pas !

Je m'affairai. Le gars admirait la peinture de la Sixtine comme je venais de baptiser l'entrée.

— Désolée, j'aurai dû vous dire d'entrer dans la pièce chauffée.

— Ce n'est pas grave. Cela m'aura permis de profiter du décor.

— C'est vrai. C'est très beau. Et assez inattendu dans un pareil endroit, ne trouvez-vous pas ?

— Vous savez, j'habite un chalet au fin fond de la forêt, je n'ai pas vraiment l'habitude de me retrouver dans une aussi belle demeure. J'avoue ne pas connaître les codes de ce type de déco.

— Moi non plus. Mon appartement de Spokane est on ne peut plus moderne. C'est que mon métier m'a parfois amenée à visiter quelques habitations anciennes. Un peu comme celle-ci.

— Votre métier ?

— Je suis écrivaine. Pardon, c'est vrai que je ne me suis pas présentée. Alexandra Moore. J'écris des thrillers. Peut-être en avez-vous lu un ?

— … Non... Je lis rarement. Mais votre nom ne m'est pas inconnu. Ne me dites quand même pas que vous êtes venue en vacances ici l'hiver ? En principe, Townlake est surtout fréquentée à partir d'avril par les touristes.

C'est nettement plus vivable qu'avec la neige.

— Arrêtez, vous allez m'effrayer ! En fait, je suis ici pour terminer un livre loin de toute agitation.

— Ah ça, côté calme, vous allez être servie ! Il désigna la cheminée. Je vois que vous l'avez déjà utilisée.

— Oui, j'avoue que me retrouver dans un endroit aussi silencieux sans le vacarme de la circulation, j'ai trouvé l'ambiance un peu sombre hier soir. Ça m'a tenu compagnie. Mais il y a la chaudière qui fonctionne bien.

— Je serais vous, je prendrais garde à avoir un bon stock de bois. Ces installations vétustes tombent parfois en panne et si ça vous arrive un dimanche... Sans vouloir vous offenser, vous n'avez pas tout à fait le profil type d'une bricoleuse...

— Que me suggérez-vous ?

— D'augmenter votre tas de bois !

— C'est noté. Je téléphonerai à mon éditeur pour qu'il contacte le proprio et lui en touche un mot.

— Appelez-le vous-même, ça ira plus vite.

— Pour tout vous dire, j'ignore son identité. C'est mon éditeur qui s'est occupé de louer la maison pour moi. Allez, buvons notre café tant qu'il est chaud ! Du sucre ?

— Volontiers. C'est vraiment une chouette baraque.

— Oui... *Pas très approprié le mot*. Et vous, vous faites quoi dans la vie ?

— Je travaille dans la forêt. Sylviculture, surveillance et comptage de la faune, préservation, réparations d'ouvrages forestiers, ponts, ce genre de trucs.

— Intéressant.

— Très, oui. Pas le temps de s'ennuyer. L'hiver, c'est moins agité. Du coup, je fais un peu comme aujourd'hui, je passe voir si des gens n'ont pas besoin d'un coup de main.

— C'est gentil et différent de la ville !

— Il paraît oui. En même temps, vous êtes moins embêtés par les intempéries. Les services communaux déblaient la neige et prennent en charge bien d'autres choses. Vous dites que c'est votre éditeur qui a loué la maison ?

— Oui. Pourquoi ?

— Pour rien.

Une étrange manifestation que je n'eus pas le temps d'analyser, anima son regard. Il acheva de vider sa tasse d'un trait, se leva pour prendre congé.

— Si vous avez besoin de quoi que ce soit, n'hésitez pas, voici mon numéro. Il me tendit une carte de visite.

— Merci, c'est très aimable à vous. Et je vais de ce pas suivre votre conseil pour les bûches.

Mon mystérieux visiteur s'éloignait déjà vers un 4X4 pick-up à l'arrière duquel un husky l'attendait juché dans la benne. Le forestier lui administra une caresse masculine avant de grimper au volant. Prise de curiosité, je dévalais les marches pour l'interpeller.

— Je voulais vous demander...

Gabriel Beauregard baissa sa vitre en ajustant son stetson d'une main au-dessus des yeux. Ce qui, je dois dire, le rendit très attirant.

— Oui ?

— Savez-vous quelque chose de particulier au sujet de cette maison ?

Une fraction de seconde s'étira comme de la poisse. Je me sentis affreusement embarrassée et martelai la neige des pieds.

— Que voulez-vous dire par particulier ?

— ... C'est juste que vous sembliez surpris tout à l'heure quand je vous ai dit que c'est mon éditeur qui l'a réservée...

— Ben, y a de quoi...

— Je ne comprends pas...

— Disons qu'une maison inhabitée depuis vingt-cinq ans qui reçoit quelqu'un du jour au lendemain, ça surprend. Surtout quand on sait qu'elle a été le théâtre d'un meurtre non élucidé depuis. Bon, j'vous laisse, faut que je passe voir un ami ! Bonne écriture !

Je n'eus pas le loisir de répondre abasourdie par cette information encore plus glaçante que l'air ambiant.

Gabriel Beauregard à peine parti, je m'empressai de trouver mon cellulaire.

— Edward ?

— Alexandra ! Comment vas-tu ? Tu es bien installée ? La maison te plaît ?

— Oui, super. Elle est magnifique. T'aurais pas dû. C'est trop.

— C'est rien.

Les dernières paroles de Beauregard résonnaient en moi « Surtout quand on sait qu'elle a été le théâtre d'un meurtre. »

— Le contenu du carton te convient ?

— Ça devrait aller. Merci pour le vin ! Si j'ai besoin d'autre chose, je me rendrai en ville ou me ferai livrer.

— Tu vas te mettre à écrire de suite ?

— Je pense, oui. Tout est enneigé sur cinquante centimètres aux alentours et je n'ai jamais été bonne skieuse.

Mobile collé à l'oreille, je me déplaçai vers une des baies vitrées à petits carreaux. La brume flottait au-dessus du lac. Les nuages s'effilochaient, laissant apparaître quelques formes bleues qui auguraient une belle journée ensoleillée.

Edward racontait sa dernière sortie dans le milieu littéraire et je parsemais la conversation de quelques « Ah bon » polis, mais je ne l'écoutais plus vraiment, absorbée dans la contemplation des écharpes de brume poussées par la bise matinale. Je vis alors une masse apparaître au centre du lac et peu à peu une maison imposante apparut. Je me figeai.

— Alexandra ? T'es là ?

Quelques millièmes de secondes me furent nécessaires pour réagir.

— Oui, oui ! Je suis là ! Excuse-moi, je viens de renverser mon café – *piètre excuse sans aucune originalité, pour une auteure !* Je n'ai pas entendu la fin de ta phrase.

— Ce n'est pas grave.

— Désolée, j'avais la tête ailleurs.

Je ne parvenais plus à me détacher de ma découverte.

— Sinon, tu l'as trouvé comment cette maison ?

— Oh dans les petites annonces classiques. Tu sais, c'est un gros bourg, y avait pas grand chose. La plupart des gens qui y vont l'hiver s'entassent dans les stations de ski.

— Mais c'est si vaste, y avait pas plus petit ?

— Peut-être, je n'ai pas cherché davantage. Mais si tu veux, je peux trouver autre chose si tu ne t'y sens pas bien.

— Non, non. En fait, c'est idiot. Tu me connais, faut toujours que j'ai une explication pour tout. Aucun problème, je suis très bien ici et je reviendrai avec un super thriller !

— J'en suis sûr ! Bon, je te laisse. Salut !

— Salut Ed.

La question du bois oubliée ainsi que les conseils de Beauregard, dès que j'eus raccroché, je me ruai dans le hall pour enfiler des bottines et une veste. Je me dépêchai autant que possible malgré les marches verglacées dangereuses. De retour sur les berges, je procédai à plusieurs volte-faces.

— On dirait bien que c'est exactement la même…

De multiples hypothèses fusaient à la vitesse de la lumière dans le labyrinthe de mon univers à polars. Je tentai de rationaliser toutefois ce fait, somme toute ordinaire. Encore qu'en ville cela l'eut été, mais ici, en plein milieu de la forêt, que deux constructions soient jumelles me semblait dérangeant. Je rentrai mâchoires serrées, claquai la porte et m'installai sur la dernière marche des escaliers pour ôter mes chaussures.

Rien n'est banal ici.

Je recoupai toutes mes trouvailles survenues depuis la veille : les lettres, le cadre photo, un meurtre dans la demeure à la décoration peu commune et une maison sosie.

Après tout, un promoteur a bien pu construire deux bâtisses identiques, aucune loi n'interdit cela. Tout comme le fait d'associer des angelots avec des aigles… D'ailleurs, qu'est-ce que des aigles signifient ?

J'allumai mon ordinateur et me connectai à internet. Mes recherches m'orientèrent sur des mythes aussi opaques que les questionnements qui m'assaillaient.

L'aigle était décrit par le prophète Ézéchiel ayant une forme humaine à quatre faces et quatre ailes. Son visage étant celui d'un homme avec comme profil droit un lion, et gauche un taureau et l'arrière train d'un aigle. (Ézéchiel 1, 5-6.10).

L'arrière représente-t-il le passé ?

L'aigle renouvelait périodiquement son plumage et sa jeunesse en volant directement vers le soleil et plongeant ensuite dans l'eau. Souvent interprété comme la Résurrection, on le disait capable de s'élever dans les airs jusqu'à perte de vue.

Réfléchis, réfléchis... L'aigle est le symbole de la résurrection, la force et la justice. Quelque chose me dit que tout tourne autour de ces trois mots. Mais quoi ?

Suivaient d'autres explications.

Ceux qui espèrent que leur force soit renouvelée. Si j'extrais le côté biblique, que reste-t-il ? La personne qui a fait installer les aigles voulait-elle faire passer un message.

Mais à qui ? Et pourquoi ? La maison est restée vide.

Je ne me sentis pas plus avancée et me déconnectai du web.

6

Chalet de Gabriel, 9 janvier 2015,   17 h.

Gabriel stoppa son véhicule à côté de deux autres voitures garées devant chez lui. L'husky sauta de la benne pour aller se rouler dans la neige pendant que son maître montait tranquillement les marches qui donnaient accès à une terrasse où il se déchaussa.
 La chaleur du poêle et un arôme de café l'accueillirent ainsi que Brody, Sofia et Grégory une tasse en main.
  — Je vois que vous faites comme chez vous.
  — Ben c'est notre QG…, plaisanta Grégory nonchalamment. Faudra vraiment qu'un jour tu t'achètes une cafetière digne de nom, ce truc est infâme.
  — Vu que c'est votre repère, je pense que vous pourriez peut-être me l'offrir pour le prochain Noël, non ? Faut que je pense à faire ma liste au Père Noël...
  — T'y crois encore ? Le nargua Grégory.
  — Quand je vous trouve ici réunis tous les trois, j'avoue avoir envie d'y croire et de rajouter sur ma liste « Pitié, faites qu'ils arrêtent de venir chez moi à n'importe quelle heure ! »
  — T'étais même pas là, on t'a pas dérangé, renchérit Grégory.

Gabriel effleura du dos de la main les épaules de Sofia.

Brody prit la parole :

— Alors, tu l'as rencontré ?

— Ouais, plutôt sympa la nana. Écrivaine, comme tu nous l'as dit. Maigrichonne, comme tu ne nous l'as pas dit. Son noir est meilleur que le mien. La piaule canon est décorée comme un plateau de cinéma. Je lui ai fichu un peu les jetons...

— C'est pas cool ! Protesta Sofia.

— Oh ça va. Brody m'a dit de m'en faire une pote pour mieux enquêter sur elle !

— Et alors, ça voulait pas dire de lui faire peur, Sofia désapprouvait.

— Hé ! Vous me mettez encore dans votre bazar, moi je fais ce que je peux. Sur le moment, j'ai trouvé que ça pour m'attirer sa sympathie. Je lui ai conseillé d'avoir plus de bois pour sa cheminée des fois que sa chaudière tombe en panne. J'ai juste laissé planer un doute sur l'état de sa chaudière. Forcément, une fille de la ville, elle a un peu flippé ! Y a pas mort d'homme !

— Pas encore, dit sombrement Grégory.

— Arrêtez vos conneries avec vos cadavres dans tous les coins. Vous êtes sordides, se plaignit Gabriel.

— C'est pas notre faute si on en trouve, ricana son frère.

— Je ne trouve pas cela drôle du tout. Bon, c'est vrai qu'en partant, je l'ai plantée en lui dévoilant la vérité sur son petit nid de luxe.

— Et sa réaction ? Brody était nerveux.

— Elle est devenue blanche comme une feuille de papier et je me suis barré !

— T'es cruel ! Sofia n'en démordait pas.

— C'est le jeu, c'est comme ça, intercepta Brody.

— J'ai toujours trouvé vos jeux légèrement macabres... Mais j'y prends goût ! Gabriel ironisait parfois.

— Bon, assez bavassé. On a quoi sur Alexandra, Sofia ? Coupa Brody.

La jeune femme se redressa sur sa chaise et étala sur la table ses notes.

— Alexandra Moore a trente-six ans. Sa mère vit à Spokane comme elle. Père inconnu. Accointances sexuelles : on ne lui attribue aucune conquête, que ce soit féminine ou masculine.

— Étrange ça…, rumina Brody. Belle gosse, auteure à succès et pas de petit ami ? Ou alors, elle vient de se séparer ?

— Non. J'ai fouiné. À ce jour, Alexandra Moore serait plutôt asexuée.

— Ça existe ça ? Grégory était interloqué.

— Bien sûr. Sofia haussa les épaules. Même si c'est rare. Peut-être qu'elle attend de trouver la perle rare.

— Elle va attendre longtemps, s'esclaffa Grégory.

— Si on reprenait les choses où on en était ? Intervint Brody agacé.

Sofia continua son exposé.

— Truc super intéressant et rare : elle a les yeux vairons !

— C'est vrai, je l'ai remarqué et ça lui donne un drôle de regard. Mais en quoi c'est intéressant ? Gabriel n'avait pu s'empêcher d'écouter attentivement la conversation.

— Ah tu vois que t'aimes ça ! Asséna Sofia.

Gabriel balaya l'air d'un geste exaspéré.

— L'enquête d'il y a vingt-cinq ans n'a rien donné à l'époque, il n'y avait que le fils de la victime âgé de dix ans dans la maison lors des faits. Le petit a été envoyé en établissement médical et adopté. Son père était inconnu déjà à sa naissance. La police a conclu à un suicide pour la mère.

— Du coup, pourquoi surveille-t-on cette fille ? C'est vrai qu'il s'agit d'un concours de circonstances bien étrange, mais elle a l'air totalement clean, interrogea Grégory.

Brody intervint.

— Elle l'est très certainement. Tu connais beaucoup de gens à Townlake qui sache à qui appartient la baraque ? Qui l'entretient ? Qui paie les impôts fonciers depuis vingt-cinq ans ? Non, je vous le dis, tout cela est louche.

On continue à ouvrir l'œil ! Grégory, tu prolonges les planques de nuit. Gabriel, tu deviens son copain et tu notes tout ce qui cloche. Sofia, tu creuses dans son passé plus profondément.

Le shérif salua son équipe d'un geste militaire et se retira si soudainement que le trio resta sans voix. Les pneus du 4x4 de leur chef dérapèrent sur la neige avant de laisser place à un hurlement sinistre de l'husky.

7

Villa du lac, 10 janvier 2015, 8 h.

La panique la submergea. La vue du sang la terrifiait tant que l'ensemble de ses muscles ne pouvait réagir et qu'elle se retrouvait paralysée à la merci de quiconque aurait pu être dans la maison à son insu.

Aurélia sentait des gouttes couler le long de son échine sans savoir si c'était sa propre sueur ou juste l'eau qu'elle n'avait pas eu le temps d'essuyer en sortant de la douche lorsque l'adrénaline lui avait dictée de se précipiter hors de sa chambre.

Fais en sorte que ça ait l'air crédible. Ne force pas trop.

J'étais si concentrée pour relire mon texte que je pouvais même entendre mes personnages parler comme s'ils avaient été présents. Il n'y avait que comme ça que j'arrivais à écrire ; en m'immergeant complètement dans le rôle que j'attribuais à chacun. Je devais reconnaître que parfois je frisais la schizophrénie ou je ne sais quel dérangement psychiatrique lors de mes séances d'écriture. C'était d'ailleurs la raison pour laquelle, j'avais décidé pour un temps d'arrêter d'avoir des conquêtes amoureuses, les pauvres gars fuyant dès que je me remettais à bosser ! Faut dire qu'il y avait de quoi dans la mesure où ce sont des moments où je me cloître dans mon univers pour n'en ressortir que quelques mois plus tard, vivant chaque jour la vie de mes protagonistes avec les hauts et les bas de leurs émotions. Clairement, il m'était arrivée de me dire qu'il fallait être un peu givrée pour être auteure tant cela occasionnait les montagnes russes dans son propre psychisme.

Le plus important restait qu'une fois le roman achevé, je réussissais toujours à revenir à la normale. Même si la dernière fois, il m'avait fallu plusieurs semaines pour sortir de mes rôles simultanés de psychopathes. Cette fois, je ne me laisserais pas piégée et j'avais prévu d'enchaîner avec des vacances sur une île paradisiaque dès la sortie du livre.

Ce matin là, inspirée, je m'étais mise au travail après avoir seulement avalé un café bien serré. Les images se bousculaient dans mon esprit et s'imbriquaient si vite qu'il fallait que je les couche sur le papier aussi vite que possible.

Je me frottai les yeux fatigués par la luminosité de l'écran. Avec ce froid, j'étais obligée de mettre deux fois plus de collyre pour éviter un dessèchement.

Un instant, je revis des images de mon

enfance, l'accident, ma mère en pleurs. L'annonce terrible comme quoi j'avais perdu un oeil. Puis l'espoir. La greffe. La convalescence. Et enfin, la renaissance après tant de souffrances.

Renaissance, force… Non, cela n'a rien à voir, je délire ! Que viendrait faire la justice là-dedans ? Je mélange tout… M'enfin, si ça peut me faire pondre un super polar !

Après plusieurs heures de labeur, je ressentis le besoin de faire une pause et décidait de commander un taxi pour sortir.

Je libérai mon chauffeur qui venait de me déposer au centre ville. Il était 10 h 30 et la circulation était plutôt calme. J'observai la rue à la recherche d'un endroit où me sustenter. La devanture d'une auberge peinte en rouge m'attira. Je traversai la rue et poussai la porte.

Je repérai Gabriel du coin de l'œil en entrant chez Nancy. Il était assis en fond de salle, isolé et je fis mine de ne pas le voir.

J'optai pour une table qui donnait sur la rue passante. Une femme corpulente et souriante s'approcha alors que mes fesses venaient tout juste de toucher la chaise.

— Bonjour ! Qu'est-ce que je peux vous

servir ?

— J'ai très faim, je n'ai pas encore déjeuner. Œufs frits et un grand bol de café m'iraient bien.

— Je m'en occupe. En vacances ?

Surprise par sa spontanéité, je mis un bref instant pour réagir.

— Oh désolée, je suis vraiment trop curieuse ! S'empressa-t-elle de rajouter.

— Non. Je suis juste dans ma bulle et je suis de Spokane. Là-bas, nous ne sommes pas aussi directs. Je ris nerveusement. Écrivaine ; je suis venue pour terminer un livre au calme.

— Ah c'est sûr que Spokane est bien plus agitée. Ici, on a du monde surtout l'été. Vous écrivez quoi ?

— Des trucs qui font peur ! J'empruntai un ton humoristique complètement idiot et immature, va savoir pourquoi.

Grandis ma vieille !

— Oh ! L'ambiance est idéale alors à Townlake en cette saison !

— Oui, je dois dire que mon éditeur a eu une excellente idée de me conseiller de venir ici. C'est vrai qu'il y a une atmosphère particulière. Justement, pour m'inspirer, j'avais envie d'aller un peu marcher en forêt, mais je préférerais être accompagnée. Connaissez-vous un guide ou quelqu'un de libre ?

— Hé bien, la plupart des pros bossent dans les stations de ski actuellement…

— Mince…

— Je crois que votre solution pourrait se trouver ici… Son regard m'indiqua le forestier.

Je me retournai faussement étonnée.

— Ah… Monsieur Beauregard… Je fis une œillade à Nancy. Je crois que je vais m'inviter auprès de lui…

Nancy afficha un air complice.

— Œufs café… c'est parti ! Dites pas à Gabriel que c'est moi qui vous envoie !

— Promis juré ! Je me signai d'une croix.

— Salut ! Je peux vous tenir compagnie ?

— Oh bonjour ! L'homme se redressa pour m'offrir la chaise face à lui. Je vous en prie, avec plaisir ! Vous êtes matinale.

— Oui, mes cellules grises m'ont poussée à tomber du lit, sauf que maintenant, j'ai très faim ! C'est la première fois depuis mon arrivée que je mets les pieds en ville. C'est charmant et la déco extérieure de cette auberge m'a tout de suite plu. L'hôte est tout à fait sympathique.

— Nancy est adorable c'est vrai. Elle se met en quatre pour ses clients. Sa bonhomie plaît à tout le monde, y a des gens comme ça qui vous font vous sentir bien.

— C'est vrai ce que vous dites.

— Et voilà, deux bons œufs fermiers frits comme il faut, un café long et pour vous souhaiter la bienvenue, j'ai rajouté une saucisse de mon charcutier préféré !

La patronne déposa un plateau si bien garni que j'en eus aussitôt l'eau à la bouche.

— C'est adorable, merci ! Je me jetai goulûment sur le tout et m'adressai à nouveau à Gabriel. Vous ne travaillez pas aujourd'hui ? J'espère ne pas vous retarder…

— Non, comme je vous le disais hier, cette saison est un peu morte pour moi.

— Justement, je me demandais si vous ne pourriez pas me conduire dans la nature, histoire de me fondre dans la masse et d'avoir matière pour quelques scènes de mon livre.

— Votre histoire se déroule ici ?

— Je ne sais pas trop encore, mais j'ai envie de voir ce que cela pourrait donner si je sortais un peu. J'aurais besoin d'images venant de l'extérieur. Alors, comme c'est votre domaine, vous êtes l'homme qu'il me faut.

Je réalisai soudain le double sens de ma dernière phrase.

Sérieux là, il va croire que tu le dragues !

— Oui, pourquoi pas ? Je vous prêterai des raquettes, on fera un petit tour si vous voulez.

— Vraiment ? Vous êtes d'accord ? Oh c'est super !

— Hé bien, voyons, là je suis occupé demain,

après-demain ? Je passe vous prendre à huit heures ?

— Ça me va !

— Équipez-vous bien de bonnes chaussures.

— Ah… Clairement, j'ai pas prévu.

— N'y en a-t-il pas dans la maison que vous louez ? Attendez ! J'ai une meilleure idée ! Combien chaussez-vous ?

— … 38…

— J'ai une amie qui me prêtera ce qu'il faut pour vous. Bon, cette fois, je vous quitte, il se fait tard et je ne voudrais pas vous empêcher d'avancer votre manuscrit. À samedi huit heures… Alexandra… puis-je vous appeler par votre prénom ?

— Bien sûr… Gabriel ! À samedi !

8

Villa du lac, 11 janvier 2015, 15 h.

Après que Gabriel m'ait quitté, j'avais un peu traîné sur les trottoirs puis étais rentrée toujours en taxi pour me remettre au travail.

Cela faisait deux heures que je tentais d'écrire et mes pensées étaient constamment accaparées par mes découvertes sur les lieux.

L'ambiance semi-cosy-inquiétante de ma résidence m'oppressait. Les sons de la circulation me manquaient.

Comment peut-on dire cela ? ! Je suis une handicapée pour ce qui est de profiter de la nature, cette balade avec Gabriel me fera le plus grand bien.

Il m'était tout bonnement impossible de me concentrer en raison du manque de klaxons, sirènes d'ambulances et de pompiers. Tout de même, c'était invraisemblable.

Depuis mon installation à Townlake, je n'avais pas vu grand monde et je devais bien reconnaître que cette situation me pesait déjà.

Toutes les vingt minutes, je me déplaçais pour regarder dehors. Le soleil avait daigné se pointer l'après-midi et les parages avaient plus attrayant.

Faut que je m'aère un peu.

L'air givré me fouetta le visage dès que je foulais la neige. Je remontais mon col de veste, enfouis les mains dans les poches et descendis lentement les marches. Le bruit étouffé de mes pas semblait être la seule chose présente.

Relevant la tête, face au soleil, souriant, je joignis le quai en bois équipé d'une rambarde qui s'avançait vers le milieu du lac.

Je parcourus les dix mètres sur les lattes recouvertes de cristaux de glace. Prudente, je posai les pieds doucement pour ne pas glisser. Tomber dans l'eau à cette époque serait fatal. Et de plus, j'étais seule. Personne ne pourrait me secourir alors que je serais engloutie. Malgré le danger, je ne pus résister à l'envie d'aller jusqu'au bout du ponton.

Une grande quiétude me submergea sans que je m'y sois attendu et dix minutes passèrent suspendues dans l'air. Je me redressai, le regard porté sur la maison d'en face. À ce moment précis, une lueur provenant d'une des fenêtres de ladite habitation vint m'aveugler m'occasionnant une vive douleur à l'œil gauche.

Je redescendis dans le hall après avoir appliqué un gant mouillé sur la zone douloureuse. La comtoise sonna la demie de onze heures. Une étincelle jaillit en moi, signe que le déclic que j'attendais pour avancer dans mon manuscrit venait de se manifester.

9

Ce même après-midi de 11 janvier 2015.

Townlake possède une seule artère principale divisant la bourgade en deux parties. Il y règne une réelle joie de vivre et chacun prend plaisir à se rencontrer lors de ses emplettes matinales. La météo, sujet fer de lance, laisse parfois place à des affaires plus controversées allant de chamailleries de voisinages à celles de meurtres et vols surgissant parfois dans le quotidien tranquille des habitants.

A mi-chemin de l'unique voie se dresse un ancien théâtre au fronton majestueux qui sert de bureaux au journal de la région L'Abysse du Lac ainsi qu'aux archives communales.

Depuis l'intérieur du bar de Georges, Gabriel, installé au zinc, venait de voir son frère sortir de l'Abysse du Lac, où il exerçait son métier de couverture, photographe. Il comptait parmi les pigistes des indics précieux.

Le plus âgé des fils du shérif était une petite boule de nerfs au corps sec qui compensait son manque de carrure par son bagou et une personnalité sympathique à laquelle personne ne résistait. Il passa commande alors qu'il franchissait le seuil.

— Un café double, s'il te plaît Georges.

Le patron du bar était tout en longueur, dégingandée, la barbe broussailleuse, toujours vêtu d'une marinière, vestige d'un vieux rêve envolé depuis longtemps. Un téléviseur flambant neuf financé par les clients surplombait les bouteilles au-dessus du bar. Tout Townlake se pressait au zinc les soirs de matchs de base-ball ou venait jouer au billard en fond de salle.

Sans rien dire, Gabriel quitta son tabouret et choisit une place accotée aux vitres, suivi de Grégory qui aborda la conversation.

— Je suppose que si tu m'as donné rendez-vous ici, ce n'est pas pour me payer le petit déj.

— Non, mais je peux te l'offrir si t'es fauché.

— Il commence à faire sacrément froid.

— Tant que le lac gèle pas complètement et que je peux pêcher, ça me va.

— Alors, tu voulais savoir quoi ? C'est pas que je sois pressé, mais tu connais Brody, il veut pas trop qu'on nous voit ensemble pour éviter d'éveiller les soupçons de notre nouvelle arrivée, au cas où elle viendrait à traîner par ici.

— On est frères, on a quand même le droit de boire un coup ensemble. Franchement, Brody en fait un peu des tonnes parfois.

— Faut pas lui en vouloir. Déformation professionnelle : flic, avant dans l'armée, ça te forge un homme à vie ça.

— Ben et toi ? T'étais bien dans l'armée aussi et t'es pas obsédé comme lui à te méfier de tout le monde.

— Je dirais plutôt que je le cache mieux.

— J'ai du mal à vous cerner tous les deux.

— Parce que t'as pas appris à nous connaître.

— Il aurait fallu que je puisse. Vous vous êtes barrés à la guerre sans crier gare en me laissant maman et moi seuls pour aller jouer les héros.

— Papa a été rappelé comme réserviste ! Tu voulais quoi ? Que je le laisse partir seul ?

— OK, OK ! On arrête de parler de ça, d'accord ?

— C'est toi qui en parle !

— Désolé, vraiment j'aurais pas dû.

Gabriel héla le barman :

— Un croissant pour mon frère si tu peux Georges, il a besoin de se radoucir.

— Amusant, soupira Grégory en s'appuyant au dossier de sa chaise et en allongeant les jambes.

— Bon, allez, je suis navré. Au fait, elle est morte de quoi la femme de la maison ?

— Aucune idée.

— Brody te l'a pas dit ?

— Non, mais ce soir, on risque d'en apprendre davantage lors de la réunion. Faut dire que toi t'es sensible, alors on a hésité à la faire chez toi…

— Je suis sensible ? Je te rappelle que je me suis pris un carreau en pleine jambe y a trois ans avec vos conneries.

— Oui, mais tu l'as pas fait exprès.

— J'suis sensé rire ?

— Avoue que t'es plus Columbo que Bones non ?

— C'est clair que les trucs glauques c'est pas ma came et la plupart du temps, vos affaires sont pas piquées des vers…

Grégory s'empara du croissant à peine déposé par le barman.

— Bon frérot, faut que je te laisse ! Bonne journée. À ce soir !

Grégory sortit en saluant Georges de la main.

10

Villa du lac, 11 janvier 2015, 20 h 30.

Je fus si habitée et absorbée par mon récit que je ne pensais même pas à manger. Quand les rayons du soleil couchant dardèrent dans le salon, je me rendis compte que cela faisait plus de quatre heures que j'écrivais sans discontinuer.

Quelques étirements soulagèrent mon dos et ma nuque. Quant au repas, je n'eus pas le courage de cuisiner et me fis juste un sandwich de trois énormes tranches de pain de mie agrémentées de jambon cru et cornichons que j'engloutis en un rien de temps.

Je décidai de lire les news mondiales sur mon portable, histoire de me changer les idées, mais je n'y trouvais que des titres sans consistance jetés en pâture au public avide de sensations. Je reposai le mobile en baillant. Cette fois, je ne m'endormirai pas devant la cheminée.

Les nuits sur les fauteuils c'est bien sympa, mais le réveil est trop rude ! Je vais te laisser ! O.K. je parle au feu maintenant !

Un bruit sourd m'arracha de mon sommeil. J'allumai la lampe de chevet, me levai et entrouvris la porte. Le couloir était plongé dans une obscurité quasi palpable.

À tâtons, je longeai le mur de la main droite afin de trouver l'interrupteur en haut des escaliers. Je l'actionnai et soudain une vision d'horreur s'imposa à moi : une femme étendue au bas des marches ; un enfant aux mains ensanglantées, se tenait près d'elle et me fixait.

Ne pouvant réprimer un hurlement, l'hallucination se voila, mes tympans sifflèrent, des voix mélangées résonnèrent dans mon cerveau « … peut-être comme ça… non, je préfère l'autre… coupe, coupe… » J'appliquai mes mains sur mes oreilles ; cela s'intensifia jusqu'à devenir insupportable, puis après trente secondes qui me semblèrent plusieurs minutes, je m'écroulai au sol, cœur battant, sueur au front.

Comme un animal blessé, je me remis sur pied et regagnai la chambre non sans fermer la porte à clef.

11

Villa du lac, 12 janvier 2015, 9 h.

J'avais à peine sommeillé et me trimballais une tête à faire peur. Je m'affairais pour un rapide gueuleton avant de me mettre au manuscrit. Le timbre de l'entrée retentit. J'allai ouvrir tasse fumante en main, chaussons traînant mes relents de sommeil.

— Oh, veuillez m'excuser, je pensais que vous seriez debout.

Décidément, Gabriel n'était pas le roi des menteurs, même une troupe de théâtre de mouflets de trois ans l'aurait refusé !

— Entrez, entrez ! J'ai juste passé une nuit affreuse.

Il ne se fit pas prier et pénétra dans le vestibule. Je l'incitai à m'accompagner à la cuisine.

— Venez, le café est encore chaud.

— Le temps s'est radouci, mais les matins sont encore assez glacés. En parlant de ça, avez-vous pu vous faire amener plus de bois ?

— Non, je ne m'en suis pas encore occupée. C'est vrai que vous me l'avez recommandé.

— Je peux vous envoyer mon livreur si ça vous arrange.

— Vous feriez cela pour moi ? J'en serai soulagée en effet. J'avoue ne pas avoir toute ma tête…

Je laissai ma phrase en suspens, repensant à mon cauchemar de la veille.

— Tout va bien ? M'interrogea Gabriel.

— Je suppose…

— Je dois comprendre quoi au juste ?

— Laissez tomber, je suis bizarre quand j'écris ! Si on allait devant le feu ? Si vous avez le temps bien sûr.

— Je vous suis, passez devant.

Nous traversâmes le hall.

— Bravo ! Je vois que vous avez su remonter la comtoise !

— Comment ça ?

Il se retourna l'air à la fois moqueur et épaté.

— Je vous avoue que je ne m'attendais pas à ce qu'une citadine sache s'y prendre. Ne le prenez pas mal, c'est juste que j'imagine qu'en ville on voit peu de ces vieilles pendules.

— Mais je ne l'ai pas remonté. Je ne sais même pas comment on fait.

— Venez je vais vous montrer. Voyez-vous, les systèmes anciens sont mécaniques. Les aiguilles et le balancier sont entraînés par les poids suspendus aux chaînes que l'on voit à l'arrière.

— Je vois oui…

— Quand on remonte la pendule, on fait revenir en haut les poids en tirant sur les chaînes. Celles-ci peu à peu se déroulent avec les secondes et les heures et finissent par faire redescendre les poids. Si on ne le fait pas, tout s'arrête.

— C'est ingénieux, en effet. Je n'y avais jamais songé. Merci pour les explications ! Allons vite boire notre jus avant qu'il ne refroidisse.

Beauregard prit congé trente minutes plus tard après que nous ayons échangé des banalités. Demain, nous irions faire la balade en raquettes comme promis. Je dois dire que je le trouvais charmant et que la perspective de passer une journée avec lui ne m'enchantait pas seulement pour le côté professionnel. Cela faisait deux ans que je n'avais pas connu d'aventure. L'embêtant c'est qu'il était pris. Toutefois, je ne voyais pas un homme comme lui vivre au cœur de la vie d'une policière avec tout ce que cela pouvait comporter d'éléments sombres.

En même temps, vivre avec une romancière de thrillers, est-ce que cela serait mieux ?

Oui, mais avec moi ce serait de la fiction.

Je me trouvais des excuses bidons pour tenter d'imaginer que j'avais peut-être une chance auprès de lui.

12

Villa du lac, extérieur, 13 janvier 2015, 8 h.

La journée de la veille m'avait semblée s'étirait en longueur, aussi, ce matin, j'étais impatiente de partir à l'aventure.

Gabriel klaxonna. Je sortis emmitouflée dans une parka bleu électrique, coiffée d'une chapka que j'avais dégotée dans un placard. Sac à dos, bâtons de marche et moufles composaient le reste de mon attirail.

— Prête ?

— Complètement ! Je me hissai sur le siège passager.

Son chien sauta sur la vitre arrière du pick-up comme une bête enragée. Je réprimai un sursaut.

— N'ayez pas peur. Une étrangère vient de monter dans SA voiture !

— Il est gentil ?

— Bien sûr, vous inquiétez pas, il fait juste son job. Une fois qu'il aura vu que je bavarde amicalement avec vous, il se calmera.

L'animal s'était déjà recouché dans la benne comme si de rien n'était.

— Bien ! Vous m'emmenez où ?

— Surprise ! Il manœuvra pour repartir. Je vous ai pris les chaussures. J'espère que la taille ira.

— C'est très gentil. Au cas où, j'ai prévu des chaussettes ultra épaisses et une deuxième paire.

En abordant la route principale, mon guide vira à droite et conduisit durant quinze minutes sans rien dire. Je n'osai entamer une discussion et admirai le paysage.

— Tant que j'y pense, Éliot va passer vous livrer du bois dans deux jours, lundi soir. Ça vous va ?

— C'est parfait, super ! Vous savez, je ne bouge pas beaucoup.

— Ça avance votre bouquin ?

— Disons que j'ai une piste sans être encore sûre de moi.

— C'est bien ça !

Ma bouche se tordit en une moue.

On verra.

Après trois quarts d'heure de trajet, nous empruntâmes un chemin vicinal cahoteux pour nous garer sur un renfoncement permettant un demi-tour.

— Nous y voilà ! J'ai choisi un parcours vallonné. Ça devrait vous plaire.

Pendant que j'enfilai mes chaussures, Gabriel s'occupa du chien et lui arrima un GPS.

— Tout à fait ma taille ! J'exhibai mes pieds.

Pourquoi lui mettez-vous un GPS ? Il chasse ?

— Non, l'instinct de sa race l'incite à rester à proximité, mais je préfère être prudent. Il pourrait entrer dans un terrier ou se blesser et ne pas pouvoir revenir. Et je tiens à lui ! Gabriel acheva de fixer le système de géolocalisation avant de lâcher l'animal impatient d'aller se vautrer dans la poudreuse.

— C'est quoi son nom ?

— Le Chien !

— Quoi ? Comme celui de Columbo ?

— Exactement !

— Je vous aurais pas vu regardant ça.

— Ah mais j'ai plein de secrets, rétorqua Gab en riant.

— Ah…. Je pris un air mystérieux. Ça m'intéresse…

Gabriel m'administra un regard déstabilisant pour la célibataire que j'étais depuis bien trop longtemps.

— Assez parlé, marchons. On aura le temps de bavarder à la pause repas.

Les raquettes émettaient un son assourdi dans la neige associé au craquement de la croûte supérieure qui avait gelé la nuit. Gabriel me précédait de trois mètres et je tentais de passer dans ses traces m'aidant des bâtons pour rester en équilibre quand parfois un de mes pieds dérapait.

L'homme, plus lourd que moi et plus aguerri, avait le pas sûr, visage porté vers l'horizon, tandis que j'avais le nez sur mes chausses. De temps à autre, je faisais un bref arrêt pour admirer les alentours.

Les branches des arbres croulaient sous la poudreuse encore tombée deux jours auparavant. Certaines, brisées suspendaient accrochées au milieu des autres, prêtes à chuter. Tantôt d'allures étranges tantôt drôles, la silhouette du décor semblait sortie d'un livre de contes à la fois féérique et inquiétant. L'atmosphère était imprégnée de calme seulement habitée par nos souffles, des cris d'oiseaux de proie et d'animaux que je ne parvenais pas à identifier.

Mon ouïe fut attirée par le gargouillis d'un torrent. Gabriel me fit signe de bifurquer sur la droite.

Je fus frappée d'émerveillement par ce qui apparut devant moi. Un minuscule reptile liquide se frayait un chemin à travers deux mètres de neige qui atténuait le bruit de l'eau sur les rochers. Des stalactites et des glaçons accrochés sur les bords reflétaient la lumière du soleil qui pointait peu à peu.

— C'est merveilleux !

Nous pouvions voir la sinuosité se profiler dans l'horizon.

— Vous voyez cette petite colline là-bas ?

— Oui.

— Nous y serons dans une heure pour y manger.

— Une heure ? Ça semble tout près…

— En montagne, tout paraît près, mais ça l'est jamais ! C'est un effet d'optique parce qu'on est dans un endroit large et ouvert.

Nous reprîmes doucement l'ascension. Gabriel m'attendit lors d'un passage à gué pour me sécuriser.

— Donnez-moi votre sac, son poids pourrait vous faire basculer.

J'acceptai. Une baignade dans une eau à deux degrés devait être la chose la moins agréable qui soit. L'endroit n'était pas large, tout juste deux mètres, mais suffisant pour me mettre en péril et risquer une hypothermie.

— Vous inquiétez pas, si vous tombez, j'ai une couverture de survie et des vêtements de rechange pour deux.

— C'est censé me rassurer ça ?

— J'ai confiance en vous, vous allez y arriver sans problème.

Ce n'est pas sans un certain soulagement que je parvins sur la terre ferme après une traversée grotesque où je me ridiculisai.

Gabriel ne put s'empêcher de rire.

— C'est pas drôle !

— Désolé… C'est juste que vous faisiez une tête pas possible.

Je lui administrai une tape sur l'épaule.

Nous rîmes comme des gamins.

— Prête pour repartir ?

— Tout à fait ! Attendez !

Je retirai de mon sac à dos mon portable et pris quelques clichés.

Parvenus au sommet, Gabriel dégaina une pelle d'avalanche et se mit à creuser un espace de deux mètres carrés. Il y installa une bâche et une couverture polaire par-dessus.

— On voit que vous êtes expert. Je me demandais bien ce que vous alliez faire avec cette pelle.

— Faut toujours en avoir une. En cas d'avalanche ou pour s'en servir comme ça. Et un miroir !

— Pour quoi faire ?

— Faire signe à l'hélico qui vient vous secourir ! Quand vous êtes à découvert comme ici, on peut vite vous trouver, mais quand vous êtes en sous-bois, c'est une autre affaire. Dans ce cas, faut vous débrouiller à trouver un petit rayon de soleil pour faire miroiter les rayons.

— Et si y a pas de soleil ?

— Là, il vous reste le sifflet ! Gabriel en exhiba un qui pendait au bout d'un cordon de cuir autour de son cou.

— Vous êtes plein de ressources !

— Prudent. C'est la base en montagne, même

en plein été. Comme l'eau, il faut toujours prévoir d'en prendre deux fois plus au cas où vous devriez attendre les secours plusieurs heures.

— Bah en hiver, je mangerais de la neige ou la ferais fondre au soleil.

Le forestier s'esclaffa.

— Vous avez déjà essayé ne serait-ce que de faire fondre de la neige sur votre gazinière dans une casserole ?

— Pas vraiment, j'suis écrivaine pas sherpa !

— Je peux vous dire que même de cette manière, ça met un sacré bout de temps à fondre ! Quant à manger de la neige, c'est carrément top pour vous refroidir le corps ! Mais, pas faux si vraiment vous n'avez plus aucun espoir !

Je m'équipai de mon petit carnet.

— Je vais noter ça.

— Au fait, ça parle de quoi votre bouquin ?

— Pour tout vous dire, j'étais partie sur un sujet, mais certaines choses pourraient m'orienter autrement.

Mon interlocuteur haussa les sourcils.

— C'est-à-dire ?

— Si je vous le dis, vous allez me prendre pour une dingo !

— Non, pourquoi ça ? Promis, je vais rester ouvert d'esprit.

Je pesai le pour et le contre et me lançai.

— Figurez-vous que depuis le premier jour où je suis entrée dans cette maison ; celle du lac ; j'ai de bizarres sensations… Et depuis que vous m'avez dit qu'il s'y est produit un meurtre que la police n'a jamais élucidé, je spécule un max. Et puis il y a eu cette lueur aussi…

— ?

— L'autre jour, j'ai eu envie de prendre l'air après une longue séance d'écriture et je me suis rendue sur le ponton. Et c'est là que j'ai vu un rayon de lumière provenir de la maison d'en face. Vous savez celle sur l'île ? D'ailleurs, je trouve sa ressemblance avec celle que j'ai louée troublante, vous ne trouvez pas ?

— Peut-être oui… C'est sans doute le même promoteur qui l'aura construite… Mais vous dîtes avoir vu une lumière. Quel type ?

— Du genre, je ne sais pas, comme un reflet dans un miroir ou autre chose. C'est juste que…

— Allez-y dites.

— J'ai eu un pressentiment désagréable… comme si quelqu'un était en train de m'observer… Oh mais c'est mon côté auteure encore qui me joue des tours, vous allez vraiment me prendre pour une givrée sortie de Shutter Island ! Vous qui semblez connaître tout le monde, vous savez qui habite là-bas ?

— Non. À vrai dire, je pensais qu'il y avait quelqu'un uniquement l'été. Habituellement, le bac pour s'y rendre ne bouge qu'à cette saison. Mais il est vrai qu'il n'est pas visible depuis la route. Ceci dit, je ne vois pas pourquoi quelqu'un vous espionnerait ou quoique ce soit d'autre. C'est ma faute, j'aurais jamais dû vous raconter cette histoire sordide. Avec votre imagination débordante, c'était évident que vous alliez gamberger.

Je pensai aux lettres dans le secrétaire mais préférai ne pas en parler au risque de passer pour quelqu'un qui fouille chez les autres. J'optai pour bifurquer sur un autre sujet en questionnant Gabriel.

— Dîtes-moi un secret vous concernant !

— Pourquoi ?

— Parce que si je dois me confier à vous, faut qu'on puisse se fier l'un à l'autre. Après, je vous en dirai un sur moi !

— … Je ne sais pas… Vous me prenez au dépourvu… O.K., mais bouche cousue !

— Promis.

— Sofia et moi avons une relation.

— C'est votre secret ? !

— Oui…

— Gabriel, il m'a suffi d'aller à Townlake une fois pour être au courant !

— Ah ? Pourtant on ne se montre jamais en public…

— Peut-être bien, mais la communication des corps parle d'elle-même ! Et croyez-moi, quand vous vous réunissez chez Georges ou chez Nancy, les gens ne sont pas dupes !

— Quand on se réunis ? Vous savez aussi pour Brody et Grégory ?

— Hou, hou, j'ai été chez Nancy, vous vous souvenez ! Je lui fis de grands signes des bras.

— Vous avez à peine échangé quelques mots…

— J'y suis retournée figurez-vous !

— Vous m'espionnez ? !

— Non ! Mais vous savez, je peux pas m'empêcher de chercher des détails sur les gens partout où je vais ! C'est maladif ! C'est pas personnel, c'est pour avoir matière pour mes livres !

— Et vous savez quoi d'autre sur moi ?

— Si vous vous cachez avec Sofia, c'est sûrement qu'une chose vous retient… Je sais pas, un truc comme un événement qui vous aurait fait souffrir et vous empêcherait aujourd'hui d'avoir une vraie histoire approfondie. Et puis, deux trois autres petits trucs… Votre frère est photographe pour le journal local, Sofia est propriétaire d'un ranch et Brody est flic. Et j'avoue que cette dernière information titille ma curiosité !

— Il ne vous reste plus qu'à me raconter votre vie privée désormais pour que nous soyons

77

quittes !

— C'est le pacte ! J'ai un projet personnel. Mon éditeur actuel est formidable et c'est un ami extraordinaire ! Mais il me met trop la pression. L'appât du gain, vous savez… Du coup, j'envisage sérieusement de monter ma propre maison d'éditions afin de pouvoir écrire à mon rythme après la sortie de mon prochain livre.

— Vous venez de dire que c'est un ami. Pourquoi attendre pour vous lancer ?

— Vous savez, les affaires sont les affaires.

— Je comprends. Et c'est donc pour cela que vous êtes ici. Pour écrire ce dernier bouquin ?

— Exact !

— En même temps, c'est pas plus mal, on ne se serait jamais rencontrés sinon.

— Et ç'aurait été dommage… *Non, mais quelle drague de nulle ! Faut vraiment que je me remette le pied à l'étrier moi !* Bon, je crève de faim moi ! *Ah là là, la diversion à deux balles !*

Je déballai mon sandwich long comme le bras pour masquer mon embarras ; ce gars me troublait façon crescendo. Lui-même sortit deux œufs durs, une orange et une thermos.

Nous rentrâmes vers quinze heures. Moi épuisée et mon forestier en pleine forme !

13

Chalet de Gabriel, 13 janvier 2015,
15 h 30.

Gabriel rentra chez lui de suite après avoir déposé l'auteure chez elle. Brody l'attendait en tenue civile.

— Salut fils !

— Bonjour. Je t'ai pas trop fait attendre ? Je file chercher les cannes.

Dix minutes après, il réapparut un équipement complet de pêche.

— On fait ça depuis l'avancée ?

— L'hiver, c'est plus prudent. Les rochers sont trop glissants.

— Passe, je vais t'aider. Brody se saisit d'une partie du matériel et ils se dirigèrent vers le quai au bout duquel était amarré la barque qu'ils utilisaient aux beaux jours.

D'un commun accord, ils s'adonnèrent à leur passion dans un silence complice entrecoupé de remarques techniques. Habituellement, ils utilisaient la méthode de la mouche dans les rapides de la rivière en amont de Townlake, mais là, ils se contentèrent de jeter les lignes au large et de s'armer de patience jusqu'à la bonne touche.

À seize heures, ils avaient déjà attrapé quatre truites.

— Belles prises ! Brody était d'humeur joyeuse comme chaque fois qu'il s'accordait ce rare loisir.

Cela plaisait à son fils de le voir ainsi de temps en temps. La communication se faisait davantage par les gestes entre eux que par la parole.

En retournant vers la clairière, Brody ne put empêcher son instinct de le rattraper.

— Comment s'est passé la balade avec notre auteure ?

— Bien.

— Mais encore ?

— Elle m'a parue perturbée.

— Par quoi ?

— Je ne sais pas, mais quand je suis arrivé chez elle hier matin, j'ai bien vu qu'elle n'était pas elle-même.

— Comment savoir si c'est parce qu'elle écrit ou si la cause est tout autre ?

— C'était y a vingt-cinq ans… De quelle manière pourrait-elle être impliquée là-dedans ?

— Oui, je reconnais que moi aussi, cette histoire me laisse perplexe.

— En même temps, pour le moment, cela ne porte pas vraiment à conséquence pour qui que ce soit.

— Pour le moment non…

— Alexandra m'a l'air d'être une personne

tout à fait honnête et gentille et ne veut qu'écrire des polars. Elle ne mérite pas qu'on lui veuille du mal si c'est ce à quoi tu penses.

— Personne ne le mérite Gab. Souviens-toi toujours de ça. Personne.

14

Villa du lac, 14 janvier 2015, 9 h.

Aussitôt levée, mes muscles douloureux me rappelèrent ma sortie de la veille. Mon dernier footing remontait au début de la semaine précédente à Spokane.

Mon dos me semblait avoir été bombardé par des cailloux. Je fouillai la pharmacie à la recherche d'huile de massage. Seul un tube d'aspirine trônait fièrement sur une étagère attendant le clap d'un spot publicitaire contre la migraine.

J'en profitai pour mettre ma dose journalière de collyre. Lorsque je passai à l'œil gauche, une vive douleur m'arracha un cri tout en me projetant au sol. Mes tympans se vrillèrent aussitôt et des voix emplirent ma tête : « C'est…. ça… qu'il… faire… sans danger… », « Quand même… pas sûr… et si c'était… »

Je me bouchais les oreilles les yeux clos en gémissant et en me tortillant sur le carrelage. Je perdis la notion du temps avant de retourner dans la chambre où une vision d'horreur m'attendait : une femme étendue sur le lit les bras en croix. J'hurlai, me précipitai dans le couloir, mon peignoir pour seul bouclier, dévalai les escaliers pour sortir de cet endroit maudit. La clé n'était pas sur la serrure, mes mains s'affolèrent en appuyant quand même sur la poignée. Le souffle court, je me ruai sur la desserte ; toujours pas de clé. Désespérée, je forçai ma chance avec la porte me heurtant à un nouvel échec. À bout de souffle, je m'affalai contre le chambranle la tête entre les mains.

Apeurée, j'haussai la tête pour regarder vers l'escalier ; mon regard se posa sur un des aigles au bas de la rampe. Mon sang ne fit qu'un tour. Je bondis en me relevant comme une marionnette tombée au sol sur laquelle on aurait tiré les ficelles d'un coup sec et me précipitai devant l'aigle. Une sueur glacée se forma sur mon échine alors que je m'emplissais d'effroi : le rapace avait changé de position. À présent, il faisait face à la sortie. Je n'osai pas penser au deuxième aigle et redoutai de me retourner, puis opérai un demi-tour au ralenti en retenant ma respiration. L'autre bête fixait également l'entrée.

Poussée par un instinct irrépressible, je m'assurai en vitesse avoir bien refermé le loquet avant de m'adosser au mur haletante me demandant si le danger était dedans ou dehors ou les deux à la fois.

Le dos collé au mur depuis un quart d'heure, je recouvrais peu à peu mon sang-froid face aux yeux sauvages qui me transperçaient. Je m'approchai d'un des aigles et le touchai d'une main fébrile et fis de même pour le second.

Peut-être les ai-je mal observés ? Sans doute étaient-ils déjà ainsi ?

Je les secouai un par un, examinai leur base. Ils étaient fermement fixés, et ce vraisemblablement depuis des lustres.

Je me reposai au salon. Rien qu'à l'idée de m'allonger dans le lit, je pensai ne pas y redormir ; j'envisageai même de changer de logement.

J'improvisai un couchage sur le canapé face à la cheminée et me couvrai du plaid non sans prendre la précaution de m'armer du tisonnier au cas où…

15

Chalet de Gabriel, 14 janvier 2015,
20 h 30.

Des bouteilles de bières traînaient çà et là
autour d'un service à raclette et les langues
étaient déliées. Brody n'aimait pas traîner le
soir et recentra la discussion sur le thème de
leur réunion après avoir laissé l'équipe se
détendre.

— Revenons à ce qui nous préoccupe si
voulez bien. Sofia, tu peux nous dire ce que tu
as découvert ?

— Ça marche ! En moins de deux, la policière
réinvestit son rôle. En fait, tout réside dans ses
yeux vairons ce qui est très rare. Son acte de
naissance mentionne qu'elle avait bien les yeux
bleus comme la plupart des bébés lorsqu'ils
naissent et certains les gardent ainsi jusqu'à
cinq ou six ans. C'est le cas de Moore. J'ai
vérifié grâce aux photos conservées par sa
mère.

— Comment tu les as eues ? L'interrompit
Gabriel. Tu t'es quand même pas pointée chez
elle en disant « Salut, j'enquête sur votre fille
en ce moment parce qu'elle occupe une maison
où s'est déroulé un meurtre il y a un quart de
siècle. »

— C'est mon métier de me procurer certaines

choses illégalement que ça te plaise ou non, répondit-elle sèchement.

— Continue, c'est passionnant ! L'écho de son amant fut tout aussi acerbe.

— Pour résumer, elle a perdu un œil dans un accident et été greffée avec celui restant de notre femme assassinée.

Sofia marqua une pause, le temps que Grégory et Gabriel intègrent l'information, le chef étant déjà au courant du dossier.

— Tu veux dire que Alexandra Moore porte un des yeux de la femme assassinée il y a vingt-cinq ans ? Grégory voulait des détails.

— Oui, c'est exactement cela.

— J'avais encore jamais entendu un truc aussi glauque ! Et elle le sait ? Grégory était stupéfait.

— Non bien sûr. Les dons d'organes se font de manière anonyme. T'imagines un peu le binz !

Gabriel, resté pensif, intervint.

— Tu as dit « l'œil restant », c'est-à-dire ?

Brody et Sofia affichèrent une complicité non déguisée.

— Comment dire Gab... la femme a été énuclée... on lui a arraché un œil et elle est morte des suites de l'hémorragie que cela a provoqué, lâcha Brody.

— Bon... On peut dire qu'une fois de plus, on fait dans la dentelle... Un silence passa. Mais ce que je me demande c'est de quelle manière

Alexandra est en cause dans cette histoire ? Les flics de l'époque n'avaient pas conclu à un suicide ? Comment peut-on se suicider ainsi ?

— Gabriel, c'est pas elle que je suspecte de quelque chose, avoua Brody.

— Qui alors ?

— Pour le moment j'en sais rien. En fait, les services de police du moment n'avaient pas beaucoup de moyens financiers ; c'est pourquoi, ils se sont empressés de classer le dossier. Et quoi de plus simple que de conclure au suicide… On ne sait toujours pas si le fils a récupéré la maison plus tard vu qu'elle lui appartient. Il s'agit de Charles Dixon. Or, on a découvert que ce type a fait des études d'ophtalmologie – oui, je vous l'accorde, c'est parlant – et après avoir exercé dix ans, il a disparu de la circulation.

— T'as une photo ? Greg s'était reconcentré.

— Ouais, je l'ai même imprimée en triple pour vous la filer et que vous soyez aux aguets – Brody étala les exemplaires sur la table dont chacun s'empara. Bon ! Gabriel continue tes petites visites inopinées et tâche d'apprendre des choses qui nous fassent avancer. Sofia, creuse encore et Greg, assure les planques du soir.

— Quoi ? ! C'est encore moi qui vais me geler les miches ?

— Chacun son rôle mon fils ! On se revoit

88

dans deux jours !

Là-dessus, Brody se recoiffa de son stetson et les planta tous les trois sans autre forme de procès.

16

Villa du lac, 14 janvier 2015, 23 h.

J'ouvris les yeux. Il faisait nuit noire. Je me redressai sur les coudes dans le canapé. Aucune lueur ne parvenait même de l'extérieur alors que d'ordinaire, un lampadaire de jardin restait éclairé toute la nuit. Je notai ce détail et le classai aussitôt dans la case « inquiétant ». Le vent sifflait à l'extérieur et les branches des arbres s'agitaient. Je m'avisai qu'un gros cierge se trouvait dans un coin de la pièce. En premier, je refis partir le feu de cheminée qui avait amenuisé pour m'aider à y voir un peu et me munir des allumettes qui se trouvaient à côté.

— Pourquoi ce foutu lampadaire est éteint ?

Mes mains tremblaient, je repensai au cadavre sur le lit, aux aigles ; je peinai à trouver les allumettes.

— Clairement, on ne s'imagine pas ce qu'est d'être aveugle… mais où sont-elles ? Ah… les voilà !

Bon maintenant la bougie… elle est à côté de la baie vitrée… droite ou gauche ? Allez Alex, souviens-toi !

J'allai droit vers les vitres donnant sur le lac, un volet claqua, mon cœur s'emballa.

— La prochaine fois, je choisis un hôtel

moderne avec plein de maisons autour et en ville ! C'est bien gentil l'inspiration, mais là... Pour couronner le tout, je parle de plus en plus seule… Si je deviens pas folle d'ici la fin de mon séjour, j'aurais du bol…

Je posai un pied devant l'autre pour éviter de buter dans les meubles. Enfin, je m'emparai quelques instants après du cierge que je posai délicatement sur la table juste à côté. J'ouvris délicatement la boîte d'allumettes en prenant soin de le faire du bon côté.

Ça y est, je tenais entre deux doigts un bâtonnet et le craquai. L'odeur de souffre me sembla agréable tant j'étais stressée et alors que j'émettais un soupir de soulagement, j'entendis un bruit de moteur devant la maison et des pneus qui tassèrent la neige avant que quelqu'un ne coupa le contact du véhicule.

Eliot ? Le livreur de bois, est-ce lui ? On est dimanche ou lundi ?

Je soufflais la flamme. À nouveau dans la pénombre, seul le bois pétillait. J'entendais quasiment les battements de mon palpitant que je ne parvenais pas à contrôler. Je rampais en direction du hall.

J'ai vu ça dans les films, ça devrait marcher non ? Merde le tisonnier ! J'aurais dû le prendre.

Des pas résonnèrent sur le perron. Quelqu'un montait les marches sans s'en cacher.

Heureusement que j'ai fermé à double tour.
L'intrus enfonça une clé dans la serrure et ouvrit avant même que j'ai terminé de me formuler cette dernière fausse affirmation.

Instinctivement, je saisis le premier objet à ma portée, à savoir, un vieux broc antique qui servait à ranger les parapluies. Je frappai lourdement le cambrioleur. Dans la foulée, j'actionnai l'interrupteur.

— Ed !

Son nez pissait le sang.

— Merde, Ed, Ed !

J'allai à la cuisine, empoignai un torchon que j'humidifiai. Ed revenait à lui péniblement en roulant sur un côté prenant appui sur un coude.

— Oh, je suis profondément désolée ! J'ai eu si peur !

Comme il était bien sonné, je le soutins et l'aidai à venir se mettre dans un des fauteuils devant le feu.

— Je vais te faire une boisson chaude, bouge pas !

J'attendais contrite en gardant un œil sur mon ami. J'avais amené des glaçons qu'il appliquait sur son front affublé d'une bosse énorme. Je l'avais bien amoché. Il mit quinze bonnes minutes à reprendre ses esprits.

— Mais enfin, qu'est-ce qui t'as pris ?

— J'ai cru que c'était un voleur… ou pire !

— Pire ?

— Oh t'as pas idée de ce que j'ai vécu ces derniers jours. J'ai paniqué.

— Excuse-moi, mais je ne comprends pas un traître mot de ce que tu me dis. Comment ça ce que t'as vécu ?

— Je vais tout te raconter et tu comprendras.

— T'as pigé maintenant pourquoi j'étais terrifiée ?

— Oui, mais tu crois pas que t'as été un peu parano là ? Le proprio est un collègue. Il m'a donné l'adresse de la maison pour que je puisse la louer.

— Parano ?! Attends un peu là, qu'est-ce que tu viens de dire ? Tu connais le propriétaire de la maison ?

— Oui, un journaliste, tu le connais pas.

— Mais je croyais que tu m'avais dit que t'avais trouvé la maison dans des annonces.

— Je t'ai dit ça parce que les trucs administratifs te saoulent, c'est tout.

— Non, non Ed. Si ce gars est le propriétaire de la maison, alors ça veut dire qu'il est le fils de la morte !

— Mais quoi, quelle morte ?

— Ed, t'as pas écouté un traître mot de ce que j'ai raconté ma parole ! Celle qui a été trucidée dans cette maison y a plusieurs années ! C'est complètement dingue ! T'imagine, je vois cette femme !

— Qu'est-ce que tu vas chercher. Tu débloques… Bon, sinon tu as un peu écrit ?

J'étais perdue et complètement désorientée.

— Hé l'auteure ! J'te parle !

— Hein quoi ?

— Je te demande si tu as avancé dans ton manuscrit ?

— Ed ! Je viens de te dire que j'ai des hallucinations; que j'ai appris qu'il y avait eu un assassinat au bas même de cet escalier – j'indiquai le vestibule au loin – que j'ai trouvé des lettres de gosse très étranges dans ce secrétaire, dont le proprio est apparemment l'auteur – et là, je montrai le meuble – ; et toi tu me demandes si j'ai écrit !

— Ben, c'est pour ça que t'es là je te rappelle et nous avons des délais à tenir.

Je m'enfonçai en soupirant dans mon siège.

— C'est compris, je me calme. Disons que j'ai fait une crise de paranoïa.

— C'est n'importe quoi. Bon écoute, tout cela n'est pas bien grave. Je vais y aller, j'ai un rendez-vous avec un ancien pote en ville.

— Quoi là, de suite ?

— Oui, pourquoi ? Ne me dis pas que tu vas

recommencer avec tes histoires à dormir debout et que t'as la frousse de rester seule ?

— Non, non…. M'enfin, en tout cas, je les ai pas inventées ces lettres, elles sont bien là. Tu veux les voir ?

— Non, arrête avec ça.

Des lumières de phares surgirent à travers les rideaux du salon. Je frémis.

— C'est quoi ?

— Alex, tout va bien, c'est mon taxi. Je lui ai dit de revenir dans une heure quand il m'a déposé. Tu devrais te reposer peut-être un jour ou deux. Edward me prit par les épaules pour me regarder dans les yeux. Hé cool ! Y a personne qui te veut du mal. D'accord ?

Je me sentis comme une petite fille apeurée au fond d'un obscur couloir et n'aurais voulu qu'une chose : qu'Edward reste au moins une nuit.

— Merci d'être venu, ça m'a fait du bien de te voir.

— Moi, un peu moins… Il arbora son nez et son front.

— Je sais pas quoi dire, je suis vraiment confuse.

— T'inquiète, je dirai aux nanas que je me suis bagarré et ça m'aidera à les impressionner.

— T'es bête ! Je souris et me détendis.

Nous nous embrassâmes et Edward passa la porte. Je le regardai réprimant l'hurlante envie de le rejoindre pour fuir cet endroit.

17

Chalet de Gabriel, 15 Janvier 2015, 15 h.

Je m'étais pointée chez Gabriel sans même savoir s'il était là et réalisai soudain que j'avais renvoyé mon taxi un peu trop sûre de moi. Je toquai timidement.

— Alexandra ? Je ne m'attendais pas à vous…

Je tentai une mine plaisante et me frottai les mains, ce qui pouvait passer pour une envie de me réchauffer et ainsi échapper à un supposé jugement. Franchement, je me trouvais pathétique !

— Oh je peux revenir si vous attendiez quelqu'un…

— Entrez avant d'être congelée.

Je pénétrai à pas rapides. Le Chien vint me renifler puis se recoucha auprès du poêle dont je m'approchai. Cinq minutes dehors avaient suffi pour que je sois frigorifiée.

— Et sans gants ! Café ?

— Je veux bien !

Je profitai d'être seule dans la pièce principale pour l'inspecter. Une carte IGN dépliée recouvrait la table en bois. L'occupation de mon hôte avant mon arrivée ? Machinalement, je jetai un œil à une vieille pendule accrochée au mur à l'effigie de Coca-Cola et dont les lettres étaient presque effacées. Je ne notai aucune trace féminine, ce qui m'étonna un peu. Sofia et lui étaient-ils aussi proches en fin de compte ?

L'homme revint avec deux mugs brûlants alors que j'étais en train d'observer attentivement une photo noir et blanc de garçons entourés d'un homme devant un aéroplane.

— C'est vous avec votre frère et votre père ?

— Oui, du temps où mon père aimait piloter ce vieux coucou et nous emmenait dedans au grand dam de notre mère !

— Ce devait être impressionnant ! Mais n'y a-t-il pas juste deux places, celle du pilote à l'avant et une à l'arrière ?

— Oui, mais Brody était assez barge pour nous y caler tous les deux !

— Vous devez être sacrément fier de lui !

— C'est vrai oui. Il a fait la guerre vous savez ?

— Vraiment ? !

— Celle du Golfe, avec mon frère. Moi, j'étais trop jeune pour y partir. Mais assez parlé de moi, qu'est-ce qui vous amène ? Au fait, comment avez-vous trouvé mon adresse ?

— J'ai fait du stop et quand j'ai dit votre nom, le gars m'a aussitôt conduite ici. Un certain Gaby…

— Gaby. Oui, il est apiculteur. Il devait revenir de ses ruches qu'il entrepose au chaud dans un hangar l'hiver. Et si j'avais pas été là ?

— Je dois bien avouer que mon plan n'allait pas plus loin…

— J'imagine que vous pensiez à autre chose. Comme peut-être la raison qui vous amène ?

Je me noyais dans ma tasse tout en l'enserrant à pleines mains. Gabriel alla remettre une bûche dans le poêle. Il ôta une trappe de forme ronde sur le dessus et y introduisit un morceau de bois qui crépita au contact des flammes. Il replaça la rondelle de métal d'une main experte et se rassit en plantant ses yeux dans les miens. Je le remerciai intérieurement pour sa délicatesse de ne pas me brusquer.

— Vous vous rappelez l'autre matin quand vous êtes venu et que vous avez remonté la pendule ? Il opina. Et vous vous rappelez aussi que j'avais l'air bizarre…

— C'est vous qui le dites...

— Hé bien, en fait, sur le moment, j'ai pas voulu vous raconter quelque chose au risque de paraître vraiment folle. En fait, depuis que je suis dans cette maison, j'ai des visions…

— Du genre ?

— Du genre, pas franchement cool. Voyiez ?

— Pas vraiment. Racontez, vous avez fait un cauchemar ?

— Justement non, j'étais éveillée. La dernière fois, c'était hier matin en sortant de ma douche. J'ai eu si peur que j'ai bien cru que mon cœur allait s'arrêter. Mais bon, tout ça doit vous sembler complètement ahurissant… Je me préparai à partir ; Gabriel me rattrapa par le coude et m'enjoignit à continuer mon récit.

— Hé ! Non, je ne trouve pas ça du tout ahurissant et de toute façon, vous n'allez pas repartir toute seule dans la neige. En plus, j'ai l'impression que vous me dites pas tout. C'est pas juste une simple apparition qui vous a effrayée au point de venir m'en parler si je me trompe pas ?

Je me ramassai sur ma chaise.

— Non. En fait, je crois que je vois la morte…

— La morte ?

— Celle qui s'est fait assassinée y a vingt-cinq ans ! Vous savez, comme vous y avez fait allusion le premier jour où on s'est rencontrés ; et comme je suis écrivaine et très curieuse, j'ai fait des recherches là-dessus et figurez-vous que j'ai fait aussi une découverte étrange dans la maison…

— Attendez, attendez, vous êtes en train de me dire que dans vos moments de délires, vous voyez la femme qui est morte y a vingt-cinq ans ? Mais c'est impossible voyons ! Et de quelle autre découverte parlez-vous ? C'est déjà pas assez macabre comme ça ! ?

— Je sais, je sais, mais c'est plus fort que

moi. Vous savez quand on est auteure, on cherche toujours l'authenticité à introduire dans nos livres. Alors voilà, le jour de mon arrivée, je me suis installée dans le salon et j'ai tout bonnement cherché un endroit confortable où j'allais pouvoir m'installer pour écrire.

— … ouais…

— Je ne sais pas si vous avez fait attention, mais il y a un superbe secrétaire en acajou proche de la cheminée.

— Vaguement oui, je crois l'avoir aperçu. Et alors ? C'est là que vous écrivez.

— Tout juste oui ! Mais, c'est pas ça le sujet. L'important c'est ce que j'y ai trouvé… Je marquai un temps d'arrêt comme pour ménager le suspens. Cette manie des auteurs, c'est n'importe quoi !

— Et qu'avez-vous avez trouvé ?

— Des lettres.

— Ça me semble plutôt logique de trouver ce genre de choses dans un secrétaire non ? Qu'est-ce qu'il y a de si mystérieux là-dedans ?

— Leur contenu Gabriel. Leur contenu… et les dates… toutes de 1986 à 1990 et je vous le donne en mille, toutes écrites par un enfant.

Gabriel adossé à son siège se redressa vivement.

— Ne me dites pas… ?

— Si !

—Vous dites que ces lettres sont signées Ditchi ?

— Oui, c'est bien ça.

— Il ne nous reste plus qu'à trouver ce fameux Ditchi adulte et nous auront peut-être résolu cette affaire.

— C'est génial, on va résoudre un meurtre vieux d'une génération, le rêve pour une auteure !

— Hé, vous emballez pas, c'est sérieux. Le tueur court toujours et si ça se trouve, il est encore dans les parages !

— C'est encore mieux, on pourra l'arrêter !

— Comment ça *on* ? Alex, je crois que vous ne vous rendez pas compte de la gravité de la situation. Écoutez. Tout cela est bien trop risqué, je vais aller voir mon père qui va se charger de remonter la piste de ces lettres. Quant à vous, je vous conseille vivement d'aller voir un médecin, vous ne pouvez pas rester ainsi. On se croirait dans Paranormal Activity.

— Arrêtez, vous me fichez vraiment la trouille là…

— Bon, récapitulons : vous, vous filez chez l'ophtalmo, ensuite vous revenez au chaud chez vous. Moi : je passe pour récupérer les lettres et les donner à examiner à la police.

— Oh mon dieu et si d'autres apparitions me reviennent ? J'étais horrifiée.

— Alex, écoutez-moi. Gabriel me serra si fort les épaules que j'en eus mal. Oh désolé, je ne voulais pas vous faire mal. Regardez-moi Alex : on est d'accord que tout cela est dans votre tête ? Il n'y a pas de cadavre dans la maison, pas plus que d'enfant ou de présumés fantômes.

— Mais Gabriel, je suis morte de peur ! Tout cela est si anormal ! Je commençai à flancher et à me rapprocher dangereusement d'une crise de nerfs.

— Alex ! Je vous promets qu'après avoir donné à Brody les lettres, je vous rejoindrai et passerai la nuit là-bas pour vous protéger. Ça vous rassure ?

— Oui… Combien de temps ?

— Quoi combien ?

— Comment de temps allez-vous mettre à revenir d'en ville ?

— Je n'sais pas… quinze, vingt minutes tout au plus je suppose.

— Vous supposez ?

— Disons, vingt-cinq maximum. Allez, ça va aller, on se bouge, je vous dépose devant le cabinet de l'ophtalmo, vous prenez un taxi pour revenir chez vous et… Gabriel consulta l'horloge de son portable… il est 16 heures 15, mettons que vous ressortiez de chez le toubib à

18 heures, vous serez chez vous à 18 heures 20. Je vous rejoins à 18 heures 30. Le temps de faire l'aller-retour, je serai là pour 19 heures 30. Allez !

Gabriel me poussa dehors tout en enfilant une parka et en se coiffant d'un stetson. Il siffla Le Chien qui bondit de derrière le poêle comme attendant le signal de départ.

18

Centre ville, 15 janvier 2015, 16 h 30.

Après avoir déposé Alexandra, Gabriel fit un détour au chalet pour s'armer d'un couteau et laisser un mot à l'attention de Sofia. « Je ne suis pas en RV galant. » Cela lui prit quinze minutes, aussi, il écrasa le pied sur l'accélérateur pour retourner dans le centre de Townlake.

Il se gara devant le commissariat sans même enregistrer sa plaque d'immatriculation dans le parcmètre électronique.

Pénétrant sans sommation, il traversa les bureaux paysagés à grandes enjambées vers l'antre clos de Brody. La plupart des flics le connaissaient et ne s'interposèrent pas.

— Gabriel ! Le vétéran se redressa, pris au dépourvu.

— Il faut que je te parle c'est urgent, j'ai du nouveau et pas de la pacotille.

Gabriel tira en vitesse un siège dans lequel il se cala et se rapprocha du bureau de son père.

— Parle, je t'écoute !

— Je crois savoir qui est derrière le fait qu'Alexandra a des visions et dans quel but. Je viens de la déposer au coin de la rue chez le Docteur Vinz. Il faut absolument que Sofia aille le voir ensuite pour lui poser des questions au sujet du traitement qu'elle prend.

— Attends, Gabriel, je comprends pas tout là…

— Je peux pas tout te dire de suite, Alexandra va ressortir d'une minute à l'autre et je lui ai promis de la rejoindre chez elle.

Gabriel quitta son siège.

— Explique-moi d'abord ce qui se passe ! Tu peux pas partir comme ça !

— Tu en sauras plus d'ici trois quarts d'heure, fais-moi confiance. Appelle Greg et soyez là tous les trois quand je reviendrai. Faudra faire vite parce que je devrais y revenir…

— Où ça ?

— Là-bas, à la villa !

— Mais tu y vas maintenant, c'est quoi cette embrouille ?

— Faut que je file ! A 19 heures 45 sans faute ici !

Le patriarche n'eut pas loisir à réagir que son fils avait déjà passé sa porte et traversé le hall pour sauter au volant de son pick-up et démarrer en trombe. Le shérif brandit son téléphone portable :

— Sofia ? Je t'expliquerai en détails par la suite. Ecoute-moi bien : dans quinze minutes max, tu files chez le Docteur Vinz pour lui tirer les vers du nez au sujet de notre auteure.

— Je pige pas, c'est quoi cette histoire ?

— J'ai pas le temps de t'expliquer ! Fais ce

que je te dis et ensuite viens au bureau, tu en sauras davantage.

— O.K. chef ça marche. À tout à l'heure !

Brody raccrocha et composa un autre numéro.

— Greg ! Y a du nouveau ! Rapplique tes fesses au commissariat.

— D'ac, quoi comme truc nouveau ?

— Tu verras ! Amène des sandwichs ! Je sens que la nuit va être longue !

— Tu sais que je bosse pas chez Nancy ?

— Ça va Greg, j'ai pas le temps pour les conneries !

— Oh c'était pour détendre l'atmosphère… évidemment que je radine la bouffe ! Un jour faudra apprendre à être plus cool père…

— C'est ça oui ! Brody raccrocha bougon.

19

Centre ville, 15 janvier 2015, 17 h 50.

J'hélai un taxi.

— 1850 route 99 s'il vous plaît. Je vous indiquerai le chemin à prendre. Ce n'est pas très bien indiqué sur la route.

Le chauffeur embraya immédiatement pour sortir en douceur de la ville.

Je scrutai nerveusement l'obscurité extérieure essayant de me calmer.

Après dix minutes de trajet, le véhicule tourna au bon embranchement.

— Vous saviez où c'était ? Hé, je vous parle ! Comment saviez-vous où aller ?

Je commençai à paniquer.

— Arrêtez-vous s'il vous plaît ! Je veux descendre ! En moi-même, je savais bien que ce serait de la folie de vouloir terminer le trajet en pleine nuit dans la neige, mais mon instinct m'intimait un proche danger. Je tentai d'ouvrir la portière mais le conducteur l'avait bloquée.

— Laissez-moi sortir ! Qui êtes-vous ?

Le gars remonta une vitre pour nous séparer et termina le trajet stoïque. L'angoisse m'étreignit.

Je ne pouvais qu'attendre que nous soyons

arrivés ce qui ne tarda pas après quinze minutes de trajet.

Le type descendit de la voiture et m'offrit de sortir.

— Calme-toi Alex, ça n'est que moi.

— Edward ! ? Mais qu'est-c…

— Descends ! On se gèle, on va rentrer.

J'obéis sans réfléchir tout en retenant mon souffle. Je montai les escaliers au ralenti tout en sortant ma clé, Edward sur mes talons. Nous entrâmes et avant même que j'eus ôté ma parka :

— Garde-la, on va pas rester des lustres. Viens.

Il se dirigea vers la cuisine. Je le suivis sous le choc et l'incompréhension.

Machinalement, je pris la cafetière, mis du café dedans et la disposai sur le gaz tout en restant le dos tourné à Ed qui s'était appuyé à la table et m'observait. Je sentais son regard et n'osais me retourner.

— Tu ne me demandes pas ce que je fais là ?

— Euh si, si… J'irais bien au petit coin…

— D'accord, mais tu laisses ton téléphone ici.

J'extirpai mon mobile de ma veste et le déposai sur la table avant d'aller aux toilettes.

Mince ! Comment je vais faire pour laisser un message à Gabriel… Je suis dans la mouise là !

Je ressortis cinq minutes après.

— Le moins qu'on puisse dire, c'est que tu n'as pas l'air enchantée de me voir.

— … C'est que je me demande pourquoi tu es déguisé en chauffeur ? C'est une blague ? Tu sais, c'est pas super drôle ton truc… tu m'as vraiment fichue la trouille…

— Moi, je me demande pourquoi tu as peur de moi, Ed, ton ami, ton éditeur. Bon j'admets que le coup du chauffeur de taxi est bizarre, mais tant de choses le sont de nos jours…

Je ne reconnaissais pas celui que je côtoyais depuis sept ans.

— Je ne te suis pas trop, Ed…

— Ah oui ? Tu trouves pas ça bizarre toi de vouloir me lâcher alors que je t'édite depuis tes débuts ? Tu trouves pas ça horrible de trahir un de tes meilleurs amis ?

— C'est juste que j'ai envie de travailler à mon rythme désormais. Je comptais t'en parler bien évidemment. Mais comment sais-tu que je l'envisageais ?

— Alex… Alex… ta naïveté ; c'est ce qui fait ton charme. C'est ce qui m'a attirée chez toi.

— Comment ça ? Je pensais pas que je t'attirais…

Edward éclata d'un rire sans joie.

— Oh je ne parle pas de ce genre d'attirance. Non… Tu es trop insipide, trop maigre pour moi.

Je restai sans voix face à un tel jugement sur

110

mon physique, mais n'osai rétorquer tant son attitude était ambiguë. La cafetière se mit à siffler, je me retournai et sortis deux tasses pour me donner une contenance.

— … et de quoi veux-tu parler du coup, si ce n'est d'une attirance sexuelle ? J'essayais de garder un ton neutre. Ma peur était montée d'un cran. Je priai intérieurement et regardai brièvement l'horloge : 18 heures 15.

Gabriel grouillez-vous, je vais pas tenir longtemps.

— Je veux parler de ta naïveté à prendre tout pour argent comptant. Et aussi, de ton manque de discernement, et je dois dire que tu m'as un peu déçu là-dessus. Ceci dit, ça m'a bien arrangé. Tu t'es jamais demandé d'où te venaient toutes ces idées complètement dingues et glauques pour tes livres ? Oh ne vas pas croire que je critique ! Au contraire, grâce à ça, tu as écrit de supers bouquins et j'ai fait fortune. Du coup, tu comprendras que, lorsque j'ai su que tu avais l'intention de me larguer, je l'ai un peu mal pris…

— D'où me viennent mes idées ? Ben, de mon imagination et ma capacité à voir des choses dans mes rêves… C'est vrai que c'est étrange de s'en servir dans ses livres, mais qu'il y a-t-il de mal à cela ? Et puis, d'accord, on est associés depuis sept ans, mais on n'est pas mariés. Rien ne nous empêche de rester amis, même si on fait route séparée en aff…

Je n'eus pas le temps de terminer ma phrase qu'Ed m'enserra la gorge d'une main et rapprocha son visage si près du mien que je pus sentir son haleine.

— Tu comprends rien ! C'est moi qui t'ai fabriquée ! Sans moi, sans mon intervention, tu serais rien !

— Ed… tu me fais mal… Il me relâcha. T'es devenu complètement fou ou quoi ?

— Allez, on s'en va maintenant avant que ton prince charmant ne se radine !

Il m'empoigna et me contraint à marcher jusque dans le vestibule. Il sortit une cordelette et me lia les poignets dans le dos en me forçant à me mettre à genoux le temps de faire les nœuds. Puis, il me jeta dehors sur les marches et m'obligea à rentrer dans le taxi non sans avoir pris les deux clés de la maison. Enfermée dans la voiture, je le vis retourner à l'intérieur, puis ressortir avec un grand sac en tissu. Alors que j'étais tétanisée recroquevillée à l'arrière, il démarra en sifflotant.

20

Route en direction de la villa du lac,
15 janvier 2015, 18 h 25.

Gabriel redoubla de vigilance à la sortie de l'agglomération où les voies de communication étaient moins dégagées par les services publics et parsemées de congères.

Cramponné au volant, il prit à la corde le chemin qui menait à la villa du lac, remarquant au passage les traces fraîches laissées par le taxi qu'avait pris Alexandra.

En arrivant devant la maison, aucune lumière ne provenait de l'intérieur de la villa. La femme jouait la sécurité pour éviter que quiconque sache qu'elle était revenue. C'était une bonne décision, pensa Gabriel.

Le forestier sortit du 4x4 en ordonnant au Chien de rester dans la benne. L'husky se tapit instantanément.

L'homme escalada quatre à quatre les marches manquant de glisser et actionna le timbre de la porte sans obtenir de réponse.

— Alex ! C'est Gabriel !

Seul l'écho de la nuit se répercuta sur la façade.

Après avoir encore sonné trois fois sans succès, Gabriel se rendit compte que la porte était certes fermée, mais pas à clé.

Ouverte. C'est pas normal.

— Alexandra ! Vous êtes là ? Alex !

Personne au salon. Il la rappela sans succès, se rendit en cuisine où deux tasses de café étaient sur la table. Il mit un index dans l'une d'elle :

Chaud.

Il monta à l'étage quatre à quatre :

— Alex !

Aucune trace ni dans la chambre ni à la salle de bains de qui que ce soit.

L'homme fusa au rez-de-chaussée et se jeta sur le secrétaire: les tiroirs avaient été vidés.

— Les lettres bordel ! Mais où peut bien être Alexandra ?

21

La forêt aux abords du lac,
15 Janvier 2015, 18 h 30.

Après avoir roulé dix minutes, Edward stoppa dans la forêt et m'ordonna de descendre. Persuadée qu'il allait me tuer dans les bois, je tentai de me débattre en vain. Je chutai dans la neige.

— Calme-toi un peu ! Je vais pas te tuer si c'est ce que tu crois.

— Où m'emmènes-tu ? Qu'est-ce que tu veux ? Ed, tu te rends compte de ce que t'es en train de faire ? C'est un enlèvement !

— Tais-toi ! hurla-t-il. Il me molesta en me prenant par les épaules. Je fus si effrayée que je consentis à me taire.

Tais-toi, tais-toi, il est fou de toute manière, ça ne sert à rien de discuter. Fais la fille gentille et réfléchis.

— D'accord ! D'accord ! Mais arrête de crier s'il te plaît…

— Allez, marche ! Il me poussa en avant et se positionna derrière moi en m'indiquant le chemin à prendre. Par là !

Nous parcourûmes une cinquantaine de mètres pour nous retrouver aux abords du lac où se trouvait l'embarcadère d'un bac.

— Monte !

— Mais il fait nuit là ! On va où sur le lac en pleine nuit ?

— T'occupe. Tu le sauras bientôt.

Je grimpai dans l'embarcation plate. Ed coupa l'amarre et actionna un câble qui entraîna une manivelle dans un grincement sinistre. Le bac s'ébranla dans un sursaut m'arrachant une plainte étouffée. Le radeau se mit à glisser sur l'eau à travers la glace qui s'était formée en une couche épaisse de cinq centimètres. Les glaçons s'entrechoquaient lugubrement. Je regardai la rive s'éloigner sous la lumière blafarde de la pleine lune en me disant que c'était la dernière fois que je voyais la terre ferme, que ce psychopathe allait me trucider sans que je sache pourquoi. Sur le moment, ce destin tragique me sembla si ridicule que je me mis à rire nerveusement. Edward me fixa sans mot dire le regard chargé de mépris. Je me calmai après mon début de crise d'hystérie.

Mon attention était concentrée sur le miroitement du lac gelé. Peu à peu, nous nous approchâmes de l'île et j'aperçus la maison imposante construite face à face avec celle où mon cauchemar avait débuté seulement quelques jours plus tôt. Quelques jours qui avaient suffi à faire basculer ma vie de rêve en drame en passe de devenir un fait divers. Un de ceux qu'on découvrait hebdomadairement, qui vous font frémir et qu'on oublie à la lecture des publications suivantes, rangé dans un dossier quelconque des armoires de la police comme cold case.

Non, je ne veux pas finir ainsi ! Ce fumier ne me supprimera pas.

22

Cabinet d'ophtalmologie du Dr Vinz,
15 janvier 2015, 18 h 15.

— Il faut que je parle de toute urgence au docteur Vinz. Sofia brandit une carte des services secrets sous le nez d'une secrétaire ébahie. Et vous n'avez jamais vu cette carte, O.K. ? Elle planta son regard dans celui de la jeune femme circonspecte qui réussit néanmoins à articuler :

— C'est qu'il est en consultation…

— Je m'en doute, mais je ne peux vraiment pas attendre. Veuillez le déranger s'il vous plaît et lui signifier que je désire m'entretenir avec lui immédiatement.

L'employée alla frapper doucement à la porte du praticien. Elle pénétra et s'approcha pour chuchoter dans l'oreille de l'ophtalmologue. Ce dernier, impassible, acquiesça discrètement.

— Il va vous recevoir dans une autre pièce. Suivez-moi.

— Je vous remercie. Toutes mes excuses pour le dérangement. Sofia adressa un air bienveillant à l'assistante qui ne semblait pas rassurée du tout. Ne vous inquiétez pas, cela n'a aucun rapport avec vous ni le cabinet.

La femme lui renvoya un regard reconnaissant

d'où le doute ne s'éteint pas pour autant, tout en l'invitant à entrer dans un bureau modeste. Au même instant, une porte jouxtant le cabinet de consultation s'ouvrit, laissant apparaître le médecin.

— Asseyez-vous, je vous en prie. Qu'est-ce que je peux faire pour vous ? Puis-je voir votre carte s'il vous plaît ? Ne le prenez pas mal, mais nous sommes juste surpris par votre identité…

— Je comprends. C'est vrai que pour tout Townlake, je ne suis que Sofia, la propriétaire du ranch. Elle lui montra sa carte qu'il consulta et la remercia d'un mouvement de tête. Je compte sur vous pour ne pas ébruiter ma couverture…

— Ça va de soi… La discrétion fait partie de mon métier, j'ai l'habitude… Alors, que me vaut votre visite si impromptue et urgente ?

— Voilà, il y a moins d'une heure, une femme du nom d'Alexandra Moore est venue vous rendre visite.

— Tout à fait oui, elle voulait me poser quelques questions.

— À quel sujet ?

— Le secret médic…

— Sauf votre respect docteur, le secret médical n'a pas lieu d'être ici. Il s'agit d'une enquête au sujet d'un meurtre.

Le gars blêmit.

— Vous voulez dire que cette femme…

— Non, cette femme n'est pas notre tueuse. J'ai juste besoin de savoir ce qu'elle est venue vous demander.

Le quadragénaire se mit à l'aise dans son fauteuil confortablement tout en se rapprochant du bureau pour y installer ses coudes dessus, mains jointes.

— Je vous avoue qu'en fait, au début ses interrogations m'ont laissé perplexe. Elle m'a demandé, en me montrant le collyre qu'elle mettait depuis des années pour son œil greffé, si ce dernier pouvait avoir des effets hallucinogènes. A priori, je connais bien le produit qu'elle m'a présenté et ce n'est pas le cas s'il est utilisé dans le respect des doses prescrites. Ce genre de médicament est assez rare et mal employé peut entraîner des réactions de type visions, un peu comme si on se droguait.

— Et du coup, vous en concluez quoi ? Pourquoi vous a-t-elle demandé cela si elle utilise ce collyre depuis des années, elle doit bien savoir s'en servir non ?

— C'est justement là le clou de notre conversation. Si je puis m'exprimer ainsi… Sa demande m'ayant interpelé, je lui ai demandé quelle en était sa motivation et elle m'a répondu avoir des visions depuis une dizaine de jours.

— Une dizaine de jours vous dîtes ?

— Oui, c'est ça, mais elle a tout de même précisé que ça s'était surtout amplifié depuis dix jours, mais que ce n'était pas la première fois que cela lui arrivait. Je lui ai alors encore demandé depuis quand elle pensait subir ces effets-là et je dois vous dire que sa réponse m'a quelque peu choqué.

— Ah bon ? Pourquoi ?

— Hé bien, selon elle, depuis environ six ans au moins.

— Six ans ! Comment se fait-il que son praticien tolère cela ? Il aurait dû lui changer son traitement. Qu'en pensez-vous ?

— C'est exactement mon raisonne-ment, mais j'ai préféré ne pas lui dire pour éviter toute angoisse supplémentaire qui risquerait de la plonger dans un état encore plus dangereux. À la place, je lui ai prescrit un autre collyre et conseillé de voir au plus vite son médecin attitré pour parler de ses problèmes.

— D'accord. Je vous remercie docteur. Vous m'avez été d'une aide très précieuse. Sofia rangea le carnet et le stylo qu'elle avait sortis pour prendre des notes et lui serra la main chaleureusement. Et n'oubliez pas, je ne suis que Sofia qui a un ranch. Elle lui fit un clin d'œil.

— C'est entendu « Sofia qui n'a qu'un ranch », vous pouvez comptez sur moi. J'espère que vous arriverez à résoudre votre enquête.

— Vous le saurez dans les journaux. Au revoir. Son portable sonna, l'écran afficha le prénom de Gabriel alors qu'elle était encore dans l'entrebâillement de la porte.

— Gab ? Qu'y a-t-il ?

23

Île du milieu du lac, 15 janvier 2015,
18 h 45.

L'embarcation accosta en douceur dans un nouveau cri métallique du câble. Edward arrima le tout avec une corde et m'enjoint à débarquer.

Cette fois, il passa devant, sûr que de toute manière, je ne pouvais plus m'échapper de cet endroit cerné d'eau glaciale. Nous progressâmes lentement dans la neige déjà craquelée alors que la nuit ne faisait que débuter. Arrivés devant la maison, je remarquai de suite la disposition des escaliers parfaitement identique à celle de l'autre. Instinctivement, je me retournai vers cette dernière ; mes yeux se heurtèrent à une immensité obscure drapée de brume flottant au-dessus du lac.

Ed monta les marches et poussa la porte qui n'était pas fermée à clé.

Forcément, un cinglé comme lui ne peut que vivre seul et personne ne peut accéder à l'île sans bac… mais comment Gabriel va-t-il faire pour y venir !

En accédant au vestibule, je marquai un temps d'arrêt comme si mon cerveau subissait un dysfonctionnement.

— Mais nom de dieu Ed, c'est exactement la même que l'autre ! Tu vas me dire ce qui se passe oui ou non ?

— Patience. Bien sûr que je vais te le dire. Entre, mets-toi à l'aise.

— À l'aise ? C'est une blague, tu te fous de moi ? Tu me brutalises, me séquestre, m'embarque ici et tu me dis de me mettre à l'aise !

— Tu as toujours été sanguine. Ton petit côté guerrière que j'apprécie.

Il me délia les mains. Je fulminai, mais retrouvai mon sang-froid en respirant à fond. Je me rendis au salon où je constatai encore que tout dans les moindres détails avaient été reproduits à l'image de ma location. Même le plaid qui était posé sur le canapé était le même. Je me déplaçai dans la pièce, touchant les meubles et les objets comme pour me persuader que je n'avais pas affaire à un cauchemar. Ed m'épiait en coin discrètement attendant que je parle la première.

— C'est incroyable, on se croirait dans un décor de cinéma. Tu peux m'expliquer qu'est-ce que tout cela signifie et pourquoi m'as-tu forcée à venir ici ? C'est chez toi ? Tu m'avais jamais dit que t'avais une résidence secondaire. Et pourquoi avoir loué autre chose si tu disposais de cet endroit ?

— Tu viens de le dire : pour la mise en scène.

— Quelle mise en scène ?

— Je t'en prie, installe-toi devant la cheminée. Comme tu aimes le faire, non ?

Sans rien dire, je vins me poser sur le canapé face aux flammes, fesses au bord des coussins, genoux joints et mains portées vers le feu pour me réchauffer. Mon geôlier en profita pour se rendre au bar où il déboucha un flacon d'alcool ambré.

— Whisky ? Brandy ?

— Rien… Je préfère rester lucide. Viens-en au fait, veux-tu ? J'aimerais rentrer chez moi rapidement, tes plaisanteries douteuses ne sont pas de mon goût…

— Peut-être parce que cela n'en sont pas ? Le visage d'Edward s'anima d'un rictus sadique qui me donna la chair de poule alors que je tentais de ne rien laisser paraître. Parlons histoire ! Tu savais que ma mère était morte assassinée ?

— Quoi ! ? Non, comment le saurais-je ? Tu n'as jamais évoqué cela. Que s'est-il passé ? Quand est-ce arrivé ?

— Patience. Pas tout à la fois. Ed ricana. Pour commencer, oui, ici c'est chez moi, tout comme en face, l'autre maison.

— Comment ça ? Tu m'as dit l'avoir louée… Et puis, pourquoi tout est identique ?

— Disons que j'ai eu envie de vivre dans l'environnement où je résidais enfant.

— Lorsque… Attends un peu, le gosse sur la photo dans la maison là-bas, c'est toi ?

— Exactement ! Mh… c'est appréciable, tu comprends vite.

— Mais… mais… alors tu es…

— Charles Dixon ? Oui, c'est moi. En chair et en os.

— Oh mon dieu et c'est ta mère qui est morte dans la maison alors ? Mais Ed, pourquoi ne m'avoir rien dit. J'aurais peut-être pu t'aider ?

— M'aider ? De quelle manière ?

— Je sais pas moi, en discuter déjà, j'en sais rien. Mais ne pas rester avec ce secret au fond de toi.

— Il y a des secrets qu'il vaut mieux ne pas ébruiter. Qu'en penses-tu ?

— … Euh oui peut-être… je suis bouleversée d'apprendre cela… mais pardonne-moi si je reviens à moi, mais je ne vois pas le rapport avec le fait de m'enlever pour me raconter cela ici…

— Je vais t'expliquer une chose et après tout sera clair pour toi.

Il alla chercher un sac bandoulière. Ce qu'il en sortit acheva de me glacer.

Je suis morte là !

24

Villa du lac, 15 janvier 2015, 18 h 30.

Gabriel était au milieu du salon essayant de rassembler ses esprits.

De toute évidence, elle s'est faite enlevée ! Faut que je prévienne Brody ! Attends, attends, Alex est intelligente, elle a sûrement laissé un indice ici pour qu'on la retrouve. Mais où et quoi ? Bon, imagine que quelqu'un te séquestre, que ferais-tu pour essayer de lui fausser compagnie et tenter de laisser un indice afin qu'on te retrouve… Y a rien qui me vient ! Faut que j'appelle Sofia, c'est une nana, forcément, elle pense nana, elle réfléchit nana et donc elle saura !

— Allo Sofia ?

— Gab ? Qu'y a-t-il ?

— Alex s'est fait kidnappée !

— Brody est au courant ?

— Non, faut que je l'appelle, mais avant il faut que tu monopolises tes méninges féminines.

— C'est peut-être pas le moment de plaisanter…

— Justement, je ne plaisante pas. Alex a certainement laissé une indication pour être retrouvée, mais je n'ai aucune idée de ce qu'elle aurait pu faire. Toi, t'es une femme, tu ferais quoi pour avoir quelques minutes devant toi et laisser un message ?

— Ben…

— Oui ?

— Je sais pas… mais, je suppose que je ferais le coup classique qui marche forcément avec les mecs.

— C'est-à-dire ?

— J'dirais que j'ai besoin d'aller aux toilettes.

Un silence suivit sa réponse.

— Gab ? T'es là ? Allo ?

— Oui, oui, attends !

Sofia entendit du bruit puis :

— Punaise, comment j'ai fait à pas y penser ? ! T'es la meilleure !

— Je me tue à vous le dire tout le temps…

— Elle a gravé sur la porte intérieure deux choses : ED et ... Ça n'a aucun sens…

— Quoi ?

— Je sais pas pour le moment, faut que je réfléchisse.

— Bon, écoute, radine tes fesses chez Brody, ne l'appelle pas, je vais le faire pour ne pas te retarder. Sois prudent. À tout de suite !

25

Maison sur l'île, 15 janvier 2015,   19 h 05.

Edward venait de sortir un paquet de lettres. Je les reconnus au premier coup d'œil et me sentis défaillir. En une fraction de seconde, je me revis quelques jours plus tôt en train de les lire et certains passages me revinrent aussitôt en tête.

ED s'approcha de la cheminée, s'enfonça dans un fauteuil tout proche du canapé où j'étais prostrée tout en le fixant, m'attendant à tout moment à ce que sa colère éclate. Mais au lieu de cela, ce dernier restait d'un stoïcisme effrayant. Il déposa les missives jaunies par le temps sur la table basse.

— Je te connais bien Alex. Je savais que ta curiosité l'emporterait en voyant ceci et que combiner à un tas d'autres choses, tu allais gamberger et écrire un très bon polar.

— …?

— Le problème, il est vrai, est que je n'avais pas calculé le fait que tu ferais ami-ami avec un gars dont le père est flic et que du coup, mon plan tomberait à l'eau à cause de ces crétins de fouineurs.

— Tu parles de Gabriel ?

— De qui d'autre ? Bien sûr. Ainsi que de sa

petite troupe d'enquêteurs. Ceci dit, hormis ces lettres qui pourraient m'incriminer, ils n'ont rien. Pas l'once d'une preuve.

— Excuse-moi, mais j'ai beau essayer de comprendre ton charabia, tout s'emmêle… Quel rapport ces lettres ont-elles avec notre relation ?

— Mais tout Alex, tout ! Je suppose que tu les as lues ?

— … pas toutes… et puis, qu'est-ce que ça peut bien faire, j'irai pas répéter ce qu'il y a dedans, tu as ma parole…

— Certes, certes… Mais le problème, c'est que moi, je voulais juste continuer à te terroriser un peu pour que tu me pondes encore des best-sellers.

— Me terroriser ?

— Oh c'est vrai que nous avons entamé cette discussion toute à l'heure avant de venir ici. Tu sais quand je t'ai demandé si tu t'étais déjà interrogée sur tes inspirations qui viennent de tes cauchemars que tu mets après en partie dans tes livres ? Ne me dis pas que tu pensais que c'était juste le fruit de ton génie ? Il laissa échapper un rire amer et railleur.

— Si tu en venais au fait. Je commence à fatiguer d'écouter toutes tes allusions sans queue ni tête.

— D'accord ! Tu veux tout savoir ? Je vais tout te raconter. Tu te souviens qu'à ton arrivée, tu as eu une frousse terrible en entendant un bruit dans les escaliers ?

— Oui…

— Et cru avoir vu la photo d'un gosse qui ne sourit pas pour après le voir sourire ? Il s'était mis à parler lentement pour savourer son jeu sadique.

— Oui…

— Et vu aussi le drame qui s'est passé dans cette demeure ? Encore que là, c'est plus complexe.

— Plus complexe ?

— L'escalier et la photo du gosse, c'était moi. L'escalier, c'est à ton arrivée, fallait que je trafique tes affaires… Je dois dire qu'il a fallu que je me cache vite fait après ma chute quand tu es accourue ! Et la photo, il a suffi que je la remplace avant que tu ne revois le cadre. Facile, j'ai tout un tas de clichés de quand j'étais mioche ! Il émit un rire sans joie.

— Mais pourquoi ? À quoi ça rime ? Trafiquer mes affaires ? C'est-à-dire ?

— Mais je te l'ai dit Alex, fallait que je stimule ton côté qui flippe pour que tu t'en serves pour écrire ! Je l'ai toujours fait !

— Toujours ?

— Oui, enfin, après ton premier succès. Tu te rappelles, tu bloquais et moi je me suis dit « faut battre le fer tant qu'il est chaud ! » et puis il y avait ton œil ma chérie ! Je dois dire que c'est lui mon grand inspirateur ! Là, il s'approcha de mon visage pour regarder de plus près mon œil gauche. Je reculai d'appréhension. Oui, c'est bien elle… ma douce maman…

— Que… quoi ?

—   Oh mais c'est vrai, tu n'es pas au courant ! Tu portes l'œil restant de ma mère ! Faut dire qu'elle est morte d'énucléation, alors la science a jugé bon de récupérer son autre œil pour des greffes. Et juste à ce moment, tu es passée par là ! Avoue que la coïncidence est sidérante tout de même !

Imaginer ne serait-ce qu'un millième de seconde comment il avait pu faire à arracher un œil à sa mère à l'âge de dix ans me fit me sentir mal.

— Mais les dons se font de manière anonyme, comment peux-tu être sûr que c'est celui de ta mère ? Je caressai d'une main le contour de mon œil greffé.

Mon dieu, je porte l'œil d'une femme que son fils a assassiné…

— Depuis tout petit, je sais que ma mère avait décidé de léguer son corps à la science. Difficile de ne pas le savoir, elle en parlait tout le temps. T'imagine un peu, depuis l'âge de six ans, elle me disait qu'elle voulait donner son corps, celui contre lequel j'aimais tant me lover pour y trouver refuge. Elle m'a

132

traumatisé cette folle !

— Mais Ed… tu l'as tuée… comment… pourquoi…

— Comment ! Pourquoi ! Toujours des questions ! Je n'étais qu'un minot, peut-être ai-je pensé que comme ça, elle resterait à moi. Et quand j'ai su que tu avais son œil ; oui, je ne te l'ai jamais dit, mais j'ai fait des études d'ophtalmologie quand j'étais sous mon identité de Charles Dixon ; ça m'a permis d'avoir accès à des dossiers confidentiels. C'est comme ça que j'ai su qui portait l'œil de ma mère. Je me suis rapproché de toi en montant une boîte d'éditions. Ça a été très facile je dois dire. Alors tu comprends, maintenant que ta gentille troupe est copine avec toi, et que tu as eu la maladresse de leur parler de tes problèmes, je suis très embarrassé…

— Je suis la seule à avoir lu ces lettres…

Je suis en train de converser avec un fou. Je porte l'œil de sa mère et va savoir pourquoi, il a disjoncté… Enfin, il est fou depuis tout petit vraisemblablement…

— J'ai cru comprendre que tu en pinçais pour Gabriel, non ? Qui me dit que tu ne lui en as pas parlé ?

— Non, je te promets, quel intérêt aurais-je eu à le faire ?

— Alex. Tu t'apprêtais à me poignarder dans

le dos en me larguant après sept livres ensemble, tu crois vraiment que j'ai confiance en toi ?

Je me mis sur pied soudainement pour tenter ma chance.

— Bon, maintenant que tu m'as bien fait flippé, c'est bien gentil Ed, mais là, j'aimerais vraiment rentrer…

— Et repartir toute seule ? Dans le noir ? Tss, tss, tss. Ce ne serait pas raisonnable voyons. J'ai autant de chambres disponibles qu'en face. Fais comme chez toi !

Je suis prise au piège.

26

Antre de Brody, 15 janvier 2015,   19 h 30.

— Qu'est-ce qu'il fiche ? ! Brody était à deux doigts de perdre son calme.

— Il arrive, vous inquiétez pas, je viens juste de l'avoir au téléphone. Alexandra n'était plus là-bas quand il est arrivé. Apparemment, elle a été enlevée. Mais la bonne nouvelle, c'est qu'elle nous a laissé un message.

Au moment où Sofia achevait sa phrase, Gabriel poussait la porte du bureau. Grégory ne parvint pas à ronger son frein.

— Alors ? Qu'est-ce qui se passe ? Sofia vient de nous dire qu'elle s'est fait kidnappée !

— Oui, oui ! Gabriel était essoufflé et inquiet à l'extrême. Et les lettres n'étaient plus là.

— Quelles lettres ? De quoi parles-tu ? Grégory était à cran.

— Calmez-vous ! Tempéra le patriarche. Gab, assieds-toi et raconte-nous ce que tu as à nous dire. Après, on verra ce que Sofia a découvert de son côté. Ça ne sert à rien de s'agiter.

Tous tirèrent un fauteuil de bureau à la va-vite pour s'installer en arc de cercle devant le bureau de Brody qui lui-même s'installa à sa place.

— On t'écoute Gabriel.

— Bon, je vais commencer par le début…

L'autre jour durant la balade en montagne, Alex m'a confié qu'elle désirait rompre son contrat avec son éditeur. Jusque là, rien d'anormal je me suis dit. Mais un peu plus loin dans la conversation, elle m'a parlé d'étranges sensations qu'elle ressentait, surtout depuis son arrivée ici. Là aussi, je vous avoue que je me suis dit que vu l'ambiance hivernale, seule dans cette maison, c'était on ne peut plus logique pour quelqu'un de la ville.

— O.K. mais et cette histoire de lettres c'est quoi ? Questionna son père.

— Attends, j'y viens. C'est aujourd'hui que tout s'est soudainement éclairci. En début d'après-midi, elle est venue me rendre visite au chalet.

— Chez toi ? S'étonna Sofia, suspicieuse.

— C'est pas ce que tu crois… En fait, elle avait la trouille et voulait me parler de lettres qu'elle avait découvertes dans la maison.

— Tu les as avec toi ? S'enflamma Brody.

— Non, justement, elles ont disparu avec Alex au passage. C'est ce que je devais récupérer quand je t'ai quitté tout à l'heure. Le problème, c'est que je suis arrivé trop tard. Quelqu'un est passé avant moi. Deux tasses étaient dans la cuisine, pleines et non bues. C'est évident qu'ils sont partis dans l'urgence avant que je revienne.

— Comment la personne, qui que ce soit, a-t-elle pu savoir que tu reviendrais ? Questionna Grégory.

— Quelqu'un qui nous surveille sûrement depuis plus longtemps qu'on ne le pense, articula Brody. Qu'est-ce que contenaient ces courriers ? Elle te l'a dit ?

— Oui… c'était des lettres d'un gosse. Mais pas n'importe lequel, celles de Charles Dixon.

— Le fils de la femme assassinée il y a vingt-cinq ans ? Ça n'a aucun sens ! Aboya Sofia.

— Si justement. J'ai joué quitte ou double en montrant la photo de Dixon à Alexandra pour savoir si elle le connaissait sachant qu'elle porte l'œil de sa mère ; d'accord sans le savoir ; mais je pressentais quelque chose et savez-vous ce qu'elle m'a répondu ?

Le trio était sur des charbons ardents.

— Elle m'a tout simplement demandé ce que je faisais avec la photo de son éditeur !

— C'est quoi ce puzzle de fous ? Grégory réfléchit à voix haute.

— Son éditeur, c'est Edward Mc Alan.

— Et on sait que Charles Dixon a disparu il y a quatre ans, termina Brody.

— Exactement ! L'un et l'autre sont la même personne !

Un silence tomba. Chacun recula son siège, enfoncé dedans et occupé dans ses réflexions. C'est Brody qui prit la parole.

— Bon, et toi Sofia, qu'est-ce que t'as

déniché ?

— Hé bien, d'après le Docteur Vinz, Alexandra dose mal son collyre.

— C'est ridicule ! Comment pourrait-elle se tromper ? Objecta Gabriel.

— Je ne sais pas, je répète juste ce que m'a dit l'ophtalmo et aussi qu'elle lui a dit avoir de plus en plus de visions depuis son arrivée ici. Cela aurait décuplé.

— Bon, Gabriel, Sofia nous a vaguement expliqué avant ton arrivée qu'Alexandra aurait laissé un indice pour qu'on la trouve. C'est quoi ? Le temps presse !

— Elle a gravé sur la porte des toilettes deux mots : ED et LUX.

— Bon ED, c'est pas compliqué, c'est soit EDiteur soit EDward. Mais LUX ?

— Je crois qu'elle a fait allusion à une chose dont on a parlé ensemble, mais depuis tout à l'heure, j'ai beau me creuser la cervelle, ça me revient pas !

— Nom de Dieu Gabriel, la vie d'une femme est en jeu ! Tu pouvais pas prendre des notes ? Comment as-tu pu être aussi négligent ? S'emporta Brody.

— Je te rappelle que je suis pas flic, d'accord !

Grégory s'interposa.

— Hé ! Relax ! Il fit les gros yeux à son père qui consentit à respirer un grand coup et cesser ses attaques.

— Gab, viens, on va dans mon bureau boire un café, proposa l'aîné.

Brody voulut intervenir mais Grégory le stoppa d'un geste de la main impératif. Gabriel était déjà sorti.

— C'est pas en lui gueulant dessus qu'il va se rappeler de ce qu'il faut. On est à côté, ça va aller. Essayez de vous détendre.

Grégory adressa un sourire enjôleur à ses coéquipiers ; Sofia préoccupée, Brody débordé par l'envie d'agir.

27

Villa de l'île, 15 janvier 2015, 20 h.

Je faisais les cent pas dans une chambre à l'étage, essayant de trouver une solution pour prendre la fuite. Comme me l'avait bien suggéré Edward, partir dans la neige, en pleine nuit et tenter de traverser le lac seule, même à bord du bac, serait du pur suicide. Encore que je commençais à me demander si essayer l'impossible ne serait pas préférable au fait de rester dans cet endroit à la merci d'un détraqué.

Maintenant que je suis au courant de tout, c'est sûr qu'il ne va pas me laisser partir après tant d'années à se cacher. En même temps, ce n'était qu'un enfant, comment pourrait-il être jugé ? Et est-ce possible après tout ce temps ? Et étant déglingué, de toute façon, il serait jugé irresponsable… sûr, mais il serait mis sous traitement, voire enfermé en établissement psychiatrique. C'est clair qu'Ed n'acceptera jamais ça.

Alors que je cogitais, la comtoise de l'entrée sonna vingt heures.

La comtoise, punaise, même ça c'est pareil que… Comment ai-je pu être aussi débile ! Mais oui, c'est lui ! Il a toujours été maniaque à mort ! C'était plus fort que lui, il devait la remonter...

Je me remémorai la visite de Gabriel.

C'est pour ça que Gabriel semblait étrange ce jour-là ! J'étais si absorbée par le reste que j'aie pas pensé à un détail aussi stupide ! Mais lui, l'a sûrement remarqué. On peut pas avoir deux membres de sa famille dans la police et ne pas avoir quelques gènes communs...

Je me mis à fouiller dans les armoires et découvris des draps que j'entrepris de nouer ensemble pour confectionner une corde et descendre par la fenêtre. Au passage, je m'équipai d'un manteau de laine.

Ça sera pas de trop avec ce froid glacial. Je pourrais toujours me planquer quelque part en attendant les secours... s'ils arrivent... dans les films et les livres, ils arrivent toujours... remarque, non, dans mes polars, ça finit parfois mal... Je jure que si je m'en sors, je terminerai toujours les prochains en happy-end et tant pis si ça fait gros blogbuster américain !

À ce moment-là, J'entendis le cliquetis d'une clé dans la serrure. Je jetai précipitamment les draps noués au sol au bas du lit, heureusement le côté qui donnait sur la fenêtre occulté depuis l'entrée par le lit.

Edward apparut.

— J'ai préparé un petit en-cas, il est temps de manger un peu.

— Merci, j'ai pas très faim…

— Ce n'est pas une invitation.

J'avais les mains moites et fis tout pour ne pas paraître troublée alors que ma seule chance de survie gisait à mes pieds dans un tas de tissus.

— D'accord… Tu me laisses deux minutes. J'enfile quelque chose et je viens.

Durant un laps de temps infime mais palpable, l'éditeur sembla se douter de quelque chose.

— Entendu. Deux minutes.

Il fit volte-face, ferma la porte sans la verrouiller et je l'entendis descendre les escaliers en sifflotant. Ni une ni deux, je me saisis de ma corde de fortune et la cachai sous l'édredon que je remerciai d'être si bien rebondi, rempli de plumes à l'ancienne et sous lequel on ne pouvait rien soupçonner.

28

Bureau de Grégory, 15 Janvier 2015, 20 h 15.

Grégory entra avec deux gobelets fumants. Gabriel se tenait debout devant la fenêtre scrutant la nuit. Son frère lui tendit un des verres. Gabriel se retourna, le remercia et s'installa sur une chaise.

Grégory possédait plus de self-control que son père et laissa à son frère le temps d'ingurgiter leur boisson pour se recentrer. Il faisait froid, le chauffage ne fonctionnait pas la nuit dans les locaux des fonctionnaires. La trotteuse d'une pendule égrainait les secondes comme un rappel à l'urgence de la situation.

— Essaie de dérouler la journée dans ta tête, instant après instant. J'imagine qu'au début vous avez parlé de choses anodines…

— On a surtout parlé de fantômes…

L'aîné fut désarçonné.

— Mais c'était plus une impression, comme si elle s'était sentie espionnée..., continua Gabriel sans prêter attention à son frère.

— Et son instinct ne se trompait pas, compléta Greg. Mais à quoi a-t-elle fait allusion pour cela ? Qu'est-ce qui a pu lui faire ressentir une présence ? Elle n'a pas précisé un détail ? Une personne qui serait passée la voir ? Tu crois

143

que c'était juste parce qu'elle écrit un polar ?

— Non, c'était autre chose…

Juste à cet instant, la lumière fut coupée.

— Oh non ! C'est encore ce foutu disjoncteur pourri qui a sauté ! Râla Greg. Il alluma un briquet. Reste là, ça me prendra qu'une minute pour le remettre en marche.

— Attends ! Éteins ton briquet !

— Quoi ? Tu débloques, on va pas rester dans le n…

— Fais ce que je te dis !

— D'accord…

— Rallume-le maintenant !

— Faudrait savoir…

— Fais ce que je te dis !

L'aîné poussa un soupir et actionna la pierre du briquet faisant surgir la flamme.

— Ça y est, je sais ! Gabriel poussa son frère pour l'enjoindre à retrouver Brody et Sofia. LUX, c'est LUMIÈRE, LUEUR ! Ça m'est revenu ! C'est quand elle était au bord du lac sur le ponton ! Une lumière l'a aveuglée et ça venait de la maison d'en face !

— La maison sur l'île ! Cria Sofia. Désolée, je m'emporte. A qui est-elle ? Oui, d'accord on en sait rien et c'est mon job ça. Elle se précipita de l'autre côté du bureau aux côtés de Brody et sans lui demander la permission ouvrit le clapet de son ordinateur pour se brancher sur un site sécurisé de la police.

Sofia pianotait à toute vitesse sur le clavier enchaînant les pages de sites les unes à la suite des autres. Ses collègues avaient les yeux rivés sur ce qu'elle faisait, leurs visages éclairés par la luminosité du PC.

— C'est bon, je l'ai ! Elle resta sans voix en lisant le document.

Tous trois s'approchèrent de l'écran en se penchant : « Propriétaire : Charles Dixon. Information complémentaire : interné entre 2006 et 2007 pour comportement psychologique suspect. Disparu en 2011 sans laisser de trace. Après six mois d'enquête infructueuse, affaire classée. »

29

Sur l'île, 15 janvier 2015, 20 h 10.

Après avoir pris soin de bien cacher ma corde improvisée, j'enfilai un gilet déniché dans une des armoires non sans me dire que ces vêtements avaient dû appartenir à la mère d'Edward et réprimé un frisson en l'endossant. Je rejoignis le rez-de-chaussée. Au passage, je vis deux aigles au bas des rambardes. Mon éditeur qui m'attendait dans le vestibule capta mon inquiétude.

— N'aies crainte, ceux là ne sont pas animés. Il laissa échapper un son sensé être gai alors que je roulai des yeux écarquillés.

— Ça aussi, c'était toi ?

— Oui, j'avais imaginé ce petit stratagème supplémentaire pour donner du piquant à ton séjour.

Les voix lors de mes crises me revinrent à l'esprit.

— Ces voix dans mes visions, des gens qui parlaient, ces bribes…

— Oui, j'avoue avoir eu recours à un ami scénariste un jour où tu étais groggy dans mon salon pour élaborer quelques détails croustillants. Oh bien sûr, il n'a jamais su dans quel but réel c'était. Je lui ai dit que c'était pour ton livre ; avoir des pistes plausibles.

Après, j'imagine que tout cela s'est embrouillé dans ton cerveau à cause des drogues.

— Des drogues ? Ne me dis pas qu'en plus de tout ce bordel, tu m'as droguée ? !

— Disons que droguée n'est pas réellement le terme. Mais prends place, regarde j'ai sorti la grande vaisselle pour l'occasion !

J'aperçus des couverts dressés avec une nappe de coton blanc brodé de motifs floraux. Des assiettes en porcelaine décorées finement de fleurs des champs étaient disposées avec des fourchettes et couteaux en argent. Un candélabre trois flammes dont les bougies étaient allumées diffusait une lumière jaune, le reste de la pièce étant dans l'ombre avec uniquement la lueur de la cheminée également dont les bûches sifflaient par moment.

Dans une autre circonstance, l'ambiance aurait été romantique.

— Comment me drogues-tu depuis tout ce temps à mon insu ?

Edward recula une chaise pour m'inviter à m'asseoir, ce que je fis doucement, à l'affût du moindre de ses gestes.

— Quelques gouttes dans ton collyre toutes les semaines d'une substance hallucinogène. C'était facile, tu l'as toujours dans ton sac et on a passé beaucoup de temps ensemble.

— Et ici ? Tu es entré dans la maison le faire ?

— Oui, pendant que tu écrivais, j'entrais et

ressortais à ma guise.

— Tu es complètement malade… Les mots venaient de m'échapper.

Ferme-là…

— C'est bien possible. Edward se servit du champagne. Une goutte ? Devant mon mutisme, il continua. Malade ? Fou ? Tout ce vocabulaire pour nous enfermer dans des cases. La plupart des médecins sont eux-mêmes des névrosés. La société nous classe et nous devons nous conformer à ces statuts désignés comme normaux ou pas. Mais au fond, la normalité est un concept inventé par certains hommes pour en juger d'autres. Qu'en penses-tu ?

Que ta place est dans un asile.

— Tu as tors de ne pas en prendre, ce champagne français est délicieux ! On peut dire ce qu'on veut, ce sont eux les champions en la matière ! Mange ! Ça va refroidir !

Un plat de macaronis à la sauce tomate embaumait. Je sentis mon estomac appeler au secours. La peur me vrillait tant les tripes que je ne me sentais pas d'avaler quoique ce soit.

Faut que je prenne quelque chose, si je m'échappe dans le froid, ça m'aiderait à tenir plus longtemps.

Sans piper mot, je remplis généreusement mon assiette du plat italien.

Mon préféré. On peut dire qu'il a poussé les

choses à leur paroxysme.

30

Locaux de la police, 15 janvier 2015,
20 h 25.

À peine l'information tombée sur l'identité du propriétaire de la maison de l'île, que le shérif prit la décision de passer à l'action.

Rassemblant rapidement flingues et vestes chaudes, ils se ruèrent dehors vers le 4x4 de Brody qui avait déjà un plan en tête.

— Sofia, tu vas chercher le prototype ! Greg, tu montes avec moi ! Gabriel, tu vas avec Sofia ! On se retrouve tous à la villa d'ici dix minutes ! Allez, on se dépêche !

Sans protester, Greg sauta sur le siège passager de son père et Gabriel sur celui du 4x4 de Sofia. Les deux véhiculent démarrèrent en vrombissant sous les yeux étonnés de quelques passants tardifs emmitouflés.

Sofia et Gabriel n'échangèrent aucune parole. Beauregard se tenait à la poignée au-dessus de sa tête pour éviter de tomber sous la conduite effrénée de la femme. Gabriel se demanda si cette dernière était tendue à cause de la situation policière ou parce qu'elle avait appris qu'il s'était retrouvé chez lui seul avec Alexandra. Toutefois, ce n'était vraiment pas le moment de parler de cela et il préféra ne rien supputer de plus.

Sofia fit un arrêt devant un hangar en laissant le moteur en marche, y entra et en ressortit quatre minutes plus tard avec un énorme sac de sport noir qu'elle balança sur la banquette arrière avant de reprendre le volant et de repartir à toute blinde. Gabriel opta pour ne pas demander de quoi il s'agissait.

— Qu'est-ce qu'on fiche là, c'est quoi ton idée ? murmura Grégory dont le souffle émettait des volutes de buée qui se mêlaient à la brume que dégageait le lac.

— C'est ça ! Envoya Brody en désignant le sac que Sofia venait de lâcher à terre et auprès duquel elle s'accroupit, fit glisser la fermeture Éclair et en extirpa une combinaison de plongée.

— Une combi ? Non mais t'es tombé sur la tête ou quoi ? Enragea l'aîné des fils.

— C'est pas n'importe quelle combinaison Greg, argumenta Sofia. C'est un prototype russe doté d'un système de chauffage intégré pour pouvoir nager dans des eaux gelées sous une calotte de glace, à savoir dans de l'eau à zéro degré voire moins un pour l'eau salée.

Grégory resta sans voix.

— Russe ? On leur a fauché ?

— On peut dire ça comme ça. Les taupes, c'est fait pour ça non ?

151

— C'est sûr. Finalement, la guerre froide n'a jamais cessé…

— En quelque sorte non. Bon, les gars, je pense que la taille ira !

Les deux frères se regardèrent incrédules et tournèrent finalement la tête vers Brody qui s'attendait à leurs représailles et devina la question de Grégory.

— Non, on ne peut pas se servir de l'hélico en pleine nuit ! Ça ne serait pas très discret ! Et là, on a affaire à un timbré. Faut la jouer fine.

— Et bien sûr, continua Greg, tu comptes sur moi pour enfiler cette chose ; prototype entre nous, arrête-moi si je me trompe Sofia, ça veut bien dire que la combi n'a pas encore fait totalement ses preuves ? Et tu veux que je risque de finir en poisson surgelé ? !

— Non, pas toi. Gabriel. Dit tout simplement le père.

L'intéressé s'était tenu soigneusement à l'écart depuis le début de la discussion.

— Quoi ! Non, mais tu déconnes là ! Je vais certainement pas nager sous la glace dans ce truc russe dont on ne sait même pas s'il marche !

— Ça marche Gabriel, cool, essaya de le rassurer Sofia.

— Cool ? ! T'es aussi dingue que Brody ! Pas étonnant que vous bossiez ensemble !

Sofia encaissa l'injure et serra les dents tant

bien que mal en bonne professionnelle.

— C'est pas moi la chef…

— J'ai pas de chef ! Je vous aide juste de temps en temps, O.K. ? Il fusilla du regard les trois autres qui restèrent muets jusqu'à ce que son paternel s'interpose.

— Écoute Gab, on te force pas la main. C'est juste que les choses se présentent mal et de manière particulière et on a que toi pour accomplir ce tour de force. La vie d'une femme est en péril. Je dis pas qu'on pourrait pas attendre demain matin et traverser d'une autre manière, mais j'ai eu affaire à ce genre de gars dans bien d'autres cas et tout ce que je peux dire, c'est que chaque minute compte. Ces profils de psychopathes peuvent partir en vrille en un dixième de seconde.

Le forestier écoutait, sur les nerfs, prêt à laisser tomber. Au fur et à mesure, il sentait ses défenses s'écrouler. Il estimait qu'une femme était déjà morte par sa faute autrefois, il ne supporterait pas que cela se réitère même si dans ce cas, il n'était pas en cause. Il se devait de faire tout son possible pour éviter cela.

— C'est bon, je vais le faire. Explique comment ça fonctionne, demanda-t-il à Sofia sans la regarder dans les yeux.

31

Chambre d'Alexandra sur l'île,
15 janvier 2015, 21 h.

J'avais réussi à prétexter une grosse fatigue pour regagner mon refuge. À ma surprise Edward ne s'était pas interposé répondant que demain, nous verrions ensemble comment s'arranger pour que je finisse le livre et surtout comment ajouter une clause au contrat pour stipuler une non-concurrence en cas de litige entre nous. Ainsi, Edward voulait s'assurer que je ne puisse pas continuer à écrire des polars si je le quittais. J'avais bien sûr donné mon accord tacite disant que je me débrouillerai pour faire une autre activité.

Une fois seule, je m'empressai de fermer la porte à clé, chose absurde vu que mon persécuteur en possédait un double. Mais bon, je me disais que cela le retarderait un peu s'il venait à vouloir entrer. Pour plus de précaution, je venais d'avoir l'idée de déplacer une grosse commode pour bloquer la porte. Pour éviter de faire du bruit, je devais d'abord soulever chaque pied pour glisser dessous un tissu et ainsi éviter le frottement sur le carrelage dont le crissement aurait attiré aussitôt l'attention.

En premier, je me déchaussai pour limiter le bruit de mes semelles lors de mes multiples déplacements dans la pièce. Edward n'était pas assez sot pour penser que je ferais les cent pas alors que je venais de faire croire que je voulais me coucher.

Je sentis la froideur sous la fine pellicule de mes bas nylons. Pas de temps à perdre, je saisis une chemise de flanelle que je découpais à l'aide d'une paire de ciseaux dénichée dans la salle de bains.

Désolée, t'es très belle, mais j'ai pas le choix !

Cette opération terminée, je pliai en carré les bouts et m'apprêtai à les installer sous la commode pour ensuite l'amener devant la porte. C'était sans compter avec le poids conséquent du meuble en acajou.

Trop lourd, mince !

Je retirai les tiroirs pour l'alléger. Effectivement, une fois cela fait, je parvins à la soulever pour disposer la flanelle.

Maintenant, je poussai le tout doucement, des perles de sueur naissaient sur mon front. À un moment, je glissai à cause de mes nylons. Du coup, je les ôtai et me retrouvai la peau nue. Au moins, je ne dérapai plus. Encore un effort de deux mètres et ça y est, je barricadai l'entrée !

Je pris quand même la peine de remettre les

tiroirs pour alourdir le tout.

Durant deux minutes, je me reposai, exténuée après tant d'efforts
Et j'en suis qu'au début ! La corde maintenant !
Avant de faire quoique ce soit d'autre, je collai une oreille sur le côté de la porte en m'appuyant à la commode. Rien, pas un son. Je priai pour que ce soit de bon augure et que Ed finisse par rejoindre sa propre chambre jusqu'à l'aube.
Et demain, je serai loin ! Enfin, j'espère…
J'ouvris en grand la fenêtre. Un vent glacial me coupa le souffle. Je jetai les draps dans la nuit et enjambai le rebord.

32

Route en direction de la villa du lac,
15 janvier 2015, 20 h 35.

Gabriel avait enfilé la combinaison et apprenait le fonctionnement des touches sur le bras gauche qui permettaient de contrôler le système de chauffage. Une boussole était également incrustée dans le revêtement de l'avant-bras droit. C'était assez simple en soi, mais Sofia lui expliqua qu'une fois qu'il serait sous la glace, il devrait faire les réglages rapidement dès sa mise à l'eau avant l'engourdissement de ses facultés cognitives.

— Mais je vais faire comment pour nager et réfléchir une fois arrivé là-bas ?

— T'inquiète, ça c'est vraiment si la combi ne chauffe pas. Mais ça va pas être le cas, je l'ai moi-même testée il y a un mois.

— Ah bon ? Quand ça ? Tu m'en as pas parlé…

— Gabriel, tu sais bien le boulot que je fais… Je ne peux pas TOUT te dire…

— Ouais… Bon, allez, j'y vais avant de changer d'avis !

Brody et Grégory discutaient ; Gabriel s'approcha d'eux.

— C'est bon, je suis prêt. Dites-moi ce que je

dois faire une fois là-bas.

— Tiens, prends-ça. Grégory lui mit en bandoulière une pochette. À l'intérieur, y a un mini pic à glace, c'est au cas où tu devrais la casser pour refaire surface. C'est pas sûr qu'il y ait une trouée. Ton job, c'est de retrouver Alexandra. Une fois fait, vous vous cachez en lieu sûr jusqu'à demain matin.

— Demain matin ? ! Ça fait au moins huit heures à vous attendre avec ces températures polaires !

— Je sais, Gabriel. Je sais. Dès que tu auras retrouvé notre auteure, tu nous envoies un signal en appuyant sur ta balise. Comme ça, on saura que vous êtes en sécurité et qu'on peut débarquer avec la cavalerie ! Le type pourra pas s'échapper d'une île ! On aura neutralisé le bac avant qu'il ne se rende compte de quoique ce soit. Tu suis le nord pendant les cent mètres jusqu'à l'île.

— Ça marche.

— C'est le moment ! Les pressa Brody.

Gabriel s'avança vers le lac gelé. Il s'assit au bord et plongea ses jambes en premier. Il enfila la cagoule de la combinaison, puis le masque et s'entuba pour respirer le mélange de la bouteille à oxygène. Sans plus attendre, il sauta dans l'eau noire ne laissant que des bulles d'air à la surface.

Brody, Grégory et Sofia se regardèrent

inquiets.

— Il va y arriver. C'est mon fils bordel !
Lâcha Brody optimiste.

 Grégory et Sofia ne répondirent pas.

33

Sous l'eau, 15 janvier 2015, 20 h 37.

En un millième de seconde, Gabriel sentit l'étau de la froideur le paralyser. Il mit deux secondes à réaliser que s'il ne réagissait pas immédiatement, il allait vite être en hypothermie et crever en moins de deux minutes

Allez quatre puisque j'ai la combi magique !

Il alluma sa torche frontale intégrée à la cagoule et aussitôt appuya sur le bouton Mbl.

Sérieux, tu voles un prototype russe, mais tu traduis pas !

Le corps de Gabriel était déjà bien engourdi alors que cela faisait vingt secondes qu'il venait de plonger. Passèrent cinq secondes … *ça marche pas…* Passèrent dix secondes, toujours rien et Gabriel commençait à ne plus sentir ses doigts. … *ça march…*; soudain une légère montée de la température se fit sentir alors que son cœur commençait à s'accélérer sous l'effet de l'adrénaline. Enfin, le système se mit en marche après trente-six secondes.

C'est pas trop tôt !

L'homme respira trois fois lentement pour s'accoutumer à l'oxygène des bonbonnes, puis se mit à nager en direction de l'île.

Les profondeurs du lac étaient comme de l'encre. Gabriel n'aperçut même pas un poisson, aussi petit soit-il, passer dans son faisceau de lumière.

Je suis le seul timbré là-dedans !

De petits amas de vase flottaient ça et là comme de la poussière dans un rayon de soleil. Gabriel leva la tête et vit la glace blanche au-dessus de lui ; oppressante, menaçante, lui fermant tout échappatoire en cas de pépin technique. Il y pensa et rebaissa la tête pour se focaliser sur son avancée et éviter de s'affoler inutilement.

Enfin, il entraperçut des rochers.

Ça y est, je dois être au bout !

Avec des gestes lents ralentis par l'eau, il dézippa la pochette et s'empara du petit pic à glace. Mais l'eau faisait résistance ; il ne pouvait pas taper fort en prenant de l'élan comme à l'air libre.

Il commença à taper méthodiquement pour fissurer la calotte.

Après un intervalle interminable, son bras devint douloureux. La glace ne semblait même pas entamée. Il perdit espoir ; prit quelques respirations pour récupérer et décida d'asséner un coup plus fort. Toujours rien.

Bon, faut que j'insiste... c'est quoi ce

bordel ? ! Je rêve ou la combi chauffe moins là ? !

Gabriel appuya frénétiquement sur le bouton Mbl de son bras gauche sans succès. Effectivement, le système de chauffage était en train de lâcher alors qu'il n'avait pas réussi à percer la glace !

34

L'île, 21 h 10.

J'avais balancé ma corde de fortune par la fenêtre et étais maintenant à la moitié de ma descente sentant le froid geler mes mains.

Quelle gourde ! J'aurais dû voir s'il y avait des gants dans l'armoire !

J'entendis un bruissement au-dessous de moi ; mon cœur s'arrêta ! Je tentai de rester immobile suspendue sentant mes forces s'amenuiser. En mon for intérieur, je m'invectivai d'avoir choisi des draps blancs trop visibles la nuit. En même temps, c'était tout ce qu'il y avait.

Soudain, un bruissement dans les buissons à quelques mètres en-dessous de moi m'avertit d'une présence. Animale ? Humaine ?

Je retins mon souffle, fis la morte ; fermai les yeux, persuadée qu'Edward était là à m'attendre en bas avec son fameux rictus collé au visage, pour me raccompagner à l'intérieur après tout le mal que je venais de me donner.

35

Berges du lac, 15 janvier 2015, 20 h 47.

— Il devrait pas être arrivé ? Interrogea Brody.

Grégory avait les yeux rivés sur son chronomètre depuis que Gabriel avait disparu sous la surface.

— Laisse-lui le temps. Tu l'as dit toi-même, il va y arriver. C'est pas un militaire entraîné.

Brody tenta de ronger son frein en arpentant la berge pour canaliser son angoisse.

— Alors, toujours rien ?

— Non. Peut-être qu'il a oublié de nous envoyer le signal comme quoi il était bien parvenu là-bas. Tu connais Gabriel, il n'a pas la rigueur d'un flic…

Brody lui lança un regard noir.

Berges de l'île, 15 janvier 2015,   20 h 50.

Gabriel comprit de suite que s'il restait sous l'eau, il ne survivrait pas longtemps. Ses mouvements n'étaient pas encore engourdis car le peu de chaleur produit par la combinaison était encore présent entre le revêtement et sa peau, mais rapidement le froid allait prendre le dessus.

Une idée lui vint.

Il y a un bac. Donc, s'ils l'ont utilisé y a deux heures, la glace ne s'est peut-être pas reformée autour. Si c'est le cas, je suis foutu. J'aurais au moins essayé.

L'homme mit toute sa énergie à se déplacer vite car le temps était contre lui. De plus, cela l'aidait à produire de la chaleur corporelle.

Après cinquante mètres, une masse rectangulaire et noire entra dans son champ de vue avec quelques trouées moins opaques. Celles où l'eau avait regelée !

Non, merde !

Ses battements de cœur résonnaient dans ses oreilles . Poussé par l'adrénaline, il nagea de plus belle et sortit le plus vite possible le pic.

Par chance, l'épaisseur de glace était encore infime et céda dès son deuxième effort plus accentué ; il se hissa sur la plateforme en bois et s'écroula exténué.

Gabriel mis cinq minutes à retrouver un rythme cardiaque raisonnable. Il se débarrassa des bouteilles à oxygène et les cacha dans un fourré.

Matériel russe de merde !

Il partit dans la nuit en se dirigeant vers la maison…

37

L'île, 21 h 10.

— Alex ! C'est moi, Gabriel.

Je rouvris les yeux n'en croyant pas mes oreilles emplie de gratitude et d'espoir.

— Gabriel ? Oh mon dieu ! Je descends.

— Faites gaffe…

Faites gaffe… non sans blague ? Jésus Marie Joseph, je jure de vous honorer tous les jours de m'avoir envoyé un sauveur !

Lorsque j'arrivai à deux mètres du sol, je réalisai que les draps n'étaient pas assez longs.

— Sautez ! Je vous attraperai !

Je lâchai tout d'un coup sans prévenir et Gabriel eut tout juste le temps de réagir pour m'éviter une chute trop brutale. Sous le choc, il s'écroula en me tenant dans ses bras.

— Ç'aurait été pas mal de prévenir… Il fit une grimace s'étant blessé en tombant.

— Désolée… Je me retournai en me relevant et lui tendis une main pour l'aider à se redresser en souriant.

Au même instant, une voix que je ne connaissais que trop bien se fit entendre :

— Regardez-moi ça si c'est pas mignon ? Le chevalier qui vient au secours de sa belle.

Nous nous retournâmes et vîmes quelque chose étinceler dans le noir : le canon d'une arme avec au bout de la crosse Edward.

38

Extérieur de l'île enneigé,
15 Janvier 2015, 21 h 10.

Nous nous figeâmes alors qu'Edward s'approchait lentement nous menaçant de son feu.

— Situation intéressante que tu pourrais reproduire dans un de tes livres Alex.

Je frissonnai de froid et de peur. Gabriel m'enserra les épaules pour me rassurer. Edward n'était qu'à deux mètres de nous, narquois, sûr de lui.

Soudain, Gabriel prit une décision instinctive ; il me poussa en arrière et bondit sur notre agresseur pour le désarmer. Ce dernier, surpris, fit tomber son revolver en laissant échapper un cri de colère. Gabriel lui asséna un coup de pied dans le ventre, le laissant recroquevillé dans la neige. Comprenant son plan, je me mis à courir désespérément dans la poudreuse. Je me retournai et vis Gabriel derrière à vingt mètres. Il me hurla de ne pas l'attendre.

Nous nous arrêtâmes après quelques encablures d'échappée folle, essoufflés par notre progression ralentie par les conditions et épuisés par la température très basse. Gabriel avait les gestes entravés par sa combinaison et avait dû mal à continuer à un rythme effréné.

— Attendez ! Mettons-nous derrière cet arbuste.

— Gabriel, par pitié, dîtes-moi que vous avez prévu du renfort… Je ne pense pas qu'Edward nous laissera nous échapper avec tout ce que l'on sait maintenant sur lui. Je crois bien qu'il est complètement fou à lier.

— J'en ai bien peur oui…

— Quoi, y aura pas de renfort ?

— Non, je voulais parler de votre éditeur.

— Et…

— … et des renforts…

— Je me trompe ou vous n'avez pas l'air d'en être convaincu… Comment va-t-on pouvoir quitter l'île ? Le bac ! Il faut qu'on y arrive avant lui.

— Oui, vous avez raison, il est bien arrimé, c'est ce qui m'a sauvé. Je vous expliquerai dit-il à l'auteure qui ne comprenait pas cette précision. Repartons ! Autant essayer de s'en sortir par nous-mêmes. Vous vous sentez d'y aller ?

— Gabriel, sérieusement vous me posez la question. Je serais prête à traverser à la nage pour échapper à ce dingo !

— O.K. Espérons que nous n'aurons pas à en arriver là…

Nous reprîmes notre cavale à la pâleur de la pleine lune.

39

Lieu de la bagarre sur l'île, extérieur,
15 janvier 2015, 21 h 20.

Après s'être remis, Edward vérifia son revolver. Deux balles y étaient logées. Il s'assura qu'elles étaient bien en position pour être tirées en cas de besoin en faisant tourner le barillet.

— Une pour chacun.

Son cerveau n'en était plus à la réflexion passé en mode folie sans que plus rien ne puisse l'arrêter. Toute la colère de son enfance avait refait surface. Ce n'était plus un homme, mais un enfant blessé, humilié, trahi, triste et furieux qui avait pris possession de ses actes. Il le sentait, le savait, mais ses pulsions dominaient trop par leur puissance, il ne pouvait plus les maîtriser. Toutes ces années, il avait bataillé contre elles pour surmonter la rage en lui. Mais là, maintenant, c'était un non-retour psychologique. Il ne pensait plus, ne raisonnait plus. Il voulait juste tuer. Tuer celle qui l'avait trahi. Tuer celle qu'il croyait manipuler. Tuer l'homme qui s'apprêtait à la sauver, parce que lui, personne ne l'avait secouru avant l'irréparable. C'était injuste. Pas normal. Lui aussi aurait dû avoir un protecteur. Pourquoi ne l'avait-il pas eu au bon moment ?

Sa vie aurait été si différente.

40

Berges de l'île, 15 janvier 2015,   21 h 20.

Nous parvinrent enfin au bac... qui n'était plus là !

— Oh l'enfoiré ! Il l'a désarrimé ! Regardez !

La corde qui retenait l'embarcation avait été sectionnée à l'aide d'un couteau.

— J'ai dû le croiser à quelques secondes près, il était encore là, y a moins de vingt minutes. C'est pas bon ça…

— Non, vous croyez ? Il a sûrement l'arrimage avant de nous courser cet enfoiré !

— Oui, mais là, ça veut dire une chose plus grave que ce que je pensais…

— Plus grave ? Plus grave que de se retrouver sur une île en pleine nuit, à se geler, avec un tueur aux fesses ? On peut dire que vous savez remonter le moral des troupes vous !

Les larmes envahissaient mes yeux et j'étais prête à m'effondrer.

— Du calme Alex. Gabriel m'obligea à le regarder. Regardez-moi. Arrêtez de parler si fort. Le bac, c'est foutu, mais on va trouver une solution.

— Mais quoi ? Mes jambes flanchèrent. Je vais pas tenir des heures par ce froid. J'ai pas de combi moi…

— On va se réfugier à la maison.

— Et se jeter dans la gueule du loup ! ? Non, très peu pour moi.

— Alex. C'est ça ou crever de froid. Il faut qu'on arrive à se cacher dans une pièce et tenir jusqu'à demain matin.

— Demain matin ! ? Mais toute votre bande n'est pas au courant que vous êtes là ?

— Si, mais… en fait, je devais leur envoyer un signal et j'ai oublié.

— Oh non… mais comment c'est possible ?

— Ben, j'suis pas flic et le froid a paralysé en partie… mon côté pragmatique… si vous voyez…

— Non, je vois pas, mais put… je vous jure que si on s'en sort, je vous casse la gueule Beauregard ! Et au fait, à quoi pensiez-vous par « plus grave » tout à l'heure ?

— Alex, le seul moyen de partir de cet île était le bac. Alors à moins que votre cher éditeur ait un sous-marin ou un hélico pour lui-même – et là, je crois que ça, c'est uniquement dans les films de Tom Cruise – je vois pas comment il va pouvoir échapper à la police désormais. Ce qui veut dire qu'il a lui-même compris être arrivé à un point crucial et qu'il est prêt à tout, vu qu'il n'a plus rien à perdre.

Salon de la villa jumelle sur l'île,
15 janvier, 21 h 45.

Edward était accroupi devant la cheminée et jetait dans l'âtre des feuillets ; le geste lent, l'esprit absent de son corps. La danse du feu se reflétait dans ses prunelles où aucune expression ne transparaissait. Il brûlait ses lettres. Celles écrites enfant à sa mère, restées sans réponse, à peine lues, tout justes sorties devant un psy pour tenter d'en faire interner l'auteur : lui, le fils aimant, l'enfant fragile. Comment ? Comment sa mère avait-elle pu ne penser qu'à cette solution ? Le priver de son amour, sa présence, le rejeter comme un vulgaire animal détraqué. Il n'avait pas supporté…

Un craquement fit sursauter l'homme. Il se redressa vivement et, à grandes enjambées, vint coller son visage aux vitres donnant sur le jardin, essayant de sonder l'obscurité comme un oiseau de proie. Il resta ainsi durant deux bonnes minutes.

Jardin extérieur de la villa sur l'île,
15 janvier 2015, 21 h 48.

Apercevant Edward à contre-jour, nous nous étions jetés à plat ventre derrière une statue.

— Il a éteint toutes les lampes pour qu'on ne le voit pas. Heureusement que la lueur de la cheminée l'éclaire un peu…

— Oui, il est malin.

Nous sentions la froideur de la neige nous pénétrer. L'attente était insoutenable, mais Edward finit par s'écarter de la fenêtre. Je me préparai à me relever…

— Attendez… Gabriel m'obligea à rester tapie. C'est peut-être une tactique.

— Tactique ou pas, si on reste là, on va crever d'hypothermie.

— Bon, je propose qu'on se déplace au ras du sol. Vous voyez l'autre statue là ? J'y vais en premier. Vous me suivez uniquement si nous sommes sûrs qu'il n'est pas là dans l'ombre à attendre que nous bougions.

— Mais et vous ? Comment savoir que c'est bon avant que vous soyez à découvert ?

— On ne le sait pas. Faut tenter, c'est tout.

Gabriel esquissa un mouvement pour se préparer quand je ne sais quel instinct me poussa à tirer sur un de ses bras et je l'embrassai à pleine bouche. Gabriel se laissa faire, puis après quelques secondes, je le relâchai en inspirant. Il me regarda effaré.

— On sait jamais, j'aurais au moins embrassé un beau mec avant de mourir ! C'était juste au cas où…

— … d'accord…

Gabriel rampait dans la neige et remerciait la combinaison de ne pas offrir de résistance à la neige qui l'aidait à mieux glisser qu'avec des vêtements. Il parvint à l'endroit voulu en moins de vingt secondes. Se tassant derrière sa cachette, il jeta un œil à la maison où aucun mouvement n'était perceptible. Il me fit signe de le rejoindre. J'inspirai un grand coup, me couchai au sol et essayai de me rappeler comment faisaient les militaires dans des documentaires que j'avais pu voir. De la neige rentra dans mon pantalon, je la sentis fondre contre ma peau en tentant de ne pas y penser. Je fixais Gabriel pour me donner du courage et rester centrée. Enfin, je fus hors de danger. Je pris un instant pour retrouver mon souffle.

— J'ai pensé à quelque chose. La maison est la parfaite réplique de l'autre. Si je me souviens bien, il existe une porte extérieure menant à la cave.

— Vous êtes sûre ?

— Pour l'autre maison, oui. Il a fait refaire

exactement la même maison, c'est probablement pareil.

— C'est risqué tout de même. Et si la porte n'existait pas ici ?

— Vraiment, je suis prête à parier ma vie qu'elle y est. Edward est le roi des maniaques. S'il a reproduit la même bâtisse, elle doit être à 100 % la réplique de l'autre.

— Hé bien, reste à espérer que vous le connaissez aussi bien que ce vous dîtes.

— J'en suis certaine. Il a même commis l'erreur de remonter la comtoise tellement il ne peut s'empêcher de vouloir que tout soit parfait.

— Bon. De toute façon, on n'a pas vraiment un choix très varié de possibilités. C'est par où ?

43

Cave de la maison jumelle,
15 janvier 2015, 22 h.

La cave était humide et exiguë offrant cependant un abri sûr. Nous estimâmes qu'il était environ vingt-trois heures. Gabriel savait que Brody ne pourrait pas faire intervenir l'hélicoptère avant l'aube vers sept heures quinze.

Nous entendîmes du tapage en provenance de la maison. Que pouvait bien faire Edward ? Je m'interrogeai mentalement, supposant que mon compagnon en faisait autant.

Gabriel m'entoura les épaules et je me laissai faire, trop contente de bénéficier d'un peu de chaleur humaine que m'offrait cet homme qui m'était encore inconnu huit jours auparavant. Gabriel se mit à me raconter comment sa fiancée avait été tuée lors d'une avalanche et que depuis il se sentait responsable. Et là, son père et son frère qui lui confiaient une mission digne d'un commando...

J'étais prise dans un autre tourbillon de réflexions variées à l'opposé de celles que j'aurais dû avoir en pareilles circonstances. Moi, qui me croyais vaccinée des hommes, j'étais troublée depuis le début par Gabriel sans m'expliquer pourquoi.

Non, mais vraiment, c'est pas le moment de penser glamour là !

Mon cœur me semblait hors d'atteinte et là, je ressentais quelque chose d'insondable et cela me mettait mal à l'aise car je m'étais bâtie une forteresse cartésienne.

La vie n'est pas prévisible, les événements se produisent de façon aléatoires ; ou pas ; sans véritable ordre. Et si au contraire, c'était ça le plan : que je rencontre quelqu'un en vivant moi-même un polar ; le comble pour une écrivaine !

Au bout d'un moment, nous décidâmes de nous asseoir sur le sol et finirent par somnoler légèrement.

Salon maison jumelle,
15 janvier 2015, 22 h 30.

Edward venait de renverser le secrétaire. Équipé d'une hache, il le réduisait en copeaux dans des gestes d'une violence extrême.

— Tu les as jamais lues ! N'a jamais essayé de me comprendre ! J'ai été forcé de te faire ça !

Le reste de la pièce avait été saccagé de la même manière, l'ensemble du mobilier gisait réduit en miettes.

Après plus d'une heure à tout exterminer, l'éditeur s'écroula au sol quasi inerte.

Cave, 16 janvier 2015, 6 h 32.

Gabriel se réveilla dans le noir tout engourdi. Il essaya de bouger sans me déranger, mais j'émergeai aussi.

— Quelle heure est-il ?

— Aucune idée. Il se dirigea vers la porte et l'entrouvrit d'un centimètre ; le jour transparut. Ils ne devraient pas tarder. Ce qui m'inquiète, c'est le vacarme qu'on a entendu. Je me demande ce que fait le type dans la maison.

— C'est vrai… J'ai entendu aussi. Qu'est-ce qu'il peut bien fabriquer ?

Un bourdonnement se fit entendre. Nous nous rapprochâmes dans l'obscurité.

— J'ai peur Gabriel…

Il ne répondit pas semblant concentré. Je le secouai.

— On fait quoi là ?

— Chut ! Attendez… C'est l'hélico !

— Vous êtes sûr ?

— Certain ! C'est le son du rotor. Tenons bon !

Extérieur de l'île, 16 janvier 2015,   6 h 30.

Brody et Grégory étaient solidement harnachés à l'arrière de l'hélicoptère qui bientôt survola l'île à la recherche d'un endroit pour se poser. Le pilote finit par apercevoir un espace d'environ quatre mètres carrés.

— Chef ! Je vais pas pouvoir me poser ici, je vais faire du surplace et va falloir que vous descendiez en rappel !

— Bordel à mon âge ! Enragea Brody.

Grégory rit à gorge déployée :

— Allez, ça te rappellera l'armée ! T'inquiète, je passe en premier et te réceptionne en-dessous !

— Fait pas chier Grégory ! J'ai pas besoin de tes railleries à deux balles ! Je vais le faire tout seul !

Grégory ricana tout en enfilant son harnais et s'apprêta :

— À tout de suite ! Il sauta sans plus attendre alors que le capitaine de bord venait de stabiliser l'appareil.

Greg se réceptionna en roulé-boulé, se redressant immédiatement pour surveiller la descente de son père. Ce dernier partit dans le vide, mais à deux mètres du sol, lâcha le câble pour s'effondrer dans la neige.

— Qu'est-ce que t'as foiré ? Greg était déjà sur lui pour le secourir et s'aperçut vite que son paternel ébauchait une grosse grimace.

— T'occupe pas de moi ! Fonce ! Ça va aller !

Grégory obéit aussitôt. Ses réflexes d'ancien militaire refaisaient toujours surface en un éclair dans les moments d'action et il commença sa course vers la maison.

Arrivé devant, il ralentit et se camoufla derrière un arbre pour évaluer la situation. Le calme régnait.

Pourvu qu'on arrive pas trop tard…

Il brancha son talkie-walkie et envoya un message à Brody.

— Rien en vu, je tente une introspection.

— Bien reçu. Sois prudent.

Arme de précision au poing, le policier enfonça la porte d'entrée d'un coup de pied professionnel :

— Police ! Vous êtes en état d'arrestation !

Pas un mouvement hormis le balancier de la pendule. Il traversa au ralenti le vestibule prenant soin de se couvrir au cas où la menace viendrait des escaliers, se mit dos au mur en entrant dans le salon. Une odeur qu'il ne connaissait que trop après ses années de service dans l'armée lui agressa les narines.

— Non !

Apercevant le bas du corps d'une personne près du secrétaire, il procéda à une approche prudemment jusqu'à découvrir l'impensable.

47

— Gabriel ! On est là, tout est O.K. ! Gabriel !
Nous entendîmes Grégory. J'en eus un hoquet
de soulagement.

— Sortons !

Gabriel enfonça la porte d'un pied en me
prenant par la main. Nous vîmes de suite son
frère qui se précipita vers nous.

— Tout va bien ? Vous n'êtes pas blessés ?

— Tout va bien, je te remercie. Juste besoin
d'un bon café chaud. Et père, où est-il ?

— Oh, ça va, il a juste voulu se la jouer
comme au bon vieux temps !

— Et Edward…

— Heu… disons, qu'il vaut mieux que vous
ne sachiez pas…

Alors que nous arrivions sur la rive du lac, un
hors-bord accosta avec des policiers pour nous
prendre en charge. Grégory se précipita au
secours de Brody.

Nous prîmes place dans l'embarcation, des
personnes nous offrirent des couvertures.
Gabriel regarda inquiet la rive s'éloigner.
L'aurore pointait, mais nous eûmes le temps de
voir son père claudiquer appuyé sur Grégory.
Je vis qu'il était soulagé. Il tourna son visage
vers moi alors que je l'observais pleine de
curiosité. Il me sourit ; je lui renvoyai la

pareille.

48

Hôpital de Townlake, 16 janvier 2015,
12 h.

Brody était allongé sur un lit d'hôpital, la cheville plâtrée en compagnie de Grégory qui l'avait rejoint une heure après l'avoir déposé aux urgences.

— Alors ? Tu vas enfin me dire ce qui s'est passé ?

— Tu vas pas me croire. Je n'ai rien eu à faire, le type s'était suicidé.

— Ah… logique en somme.

— Ouais… bon, c'est pas tout, mais j'ai promis à Gabriel de passer le voir au chalet. Repose-toi bien. Je repasse demain.

Grégory se dirigea vers la sortie.

— Hé Greg ! Comment il s'est buté ?

Son fils marqua une pause.

— Tu promets de ne rien dire à Gabriel et Alex surtout ?

Brody fit un signe d'assentiment.

— Le con s'est crevé les yeux.

Chalet de Gabriel, 16 janvier 2015,   13 h.

Grégory gara son 4x4 devant le chalet et entra. À sa surprise, Son frère était seul sans Sofia qu'il pensait trouver ici.

— Ça va ?

— J'ai connu des jours meilleurs. J'ai accompagné Alex à l'hôtel après qu'elle ait récupéré ses affaires à la villa. Elle pense repartir à Spokane dès demain.

— Tu m'étonnes !

— Et le type alors, mort ? En même temps, c'est aussi bien. Il s'est flingué ?

— Oui ! Oui, oui ! C'est ça.

Gabriel nota une réaction anormale chez son frère, mais ne chercha pas à en savoir davantage.

Antre de Brody, 18 janvier 2015, 9 h.

Brody avait tenu à reprendre le travail et se déplaçait à l'aide de béquilles tout en jurant. Sofia, Grégory et Gabriel passèrent la porte en dissimulant leurs sourires entendus. Ils savaient que le shérif détestait se sentir diminué et cela les amusait de le voir ainsi.

— Alors quoi, t'as décidé de faire comme James Stewart ? De rester à ta fenêtre regarder si un nouveau psychopathe n'allait pas montrer son museau ? Le railla Grégory.

— Ah, commence pas Greg ! Asseyez-vous ! J'ai quelque chose à vous montrer. La scientifique a réussi à reconstituer les bouts de lettres calcinées dans la cheminée. Par chance, le feu s'est éteint rapidement après que Dixon se soit supprimé.

Ce faisant, il étala sur le bureau les bouts de papier en partie consumés.

— Approchez et lisez, les enjoignit Brody. Pas étonnant que le type ait mal fini !

Chère mère,
Vous m'avez encore grondé aujourd'hui juste parce que je voulais m'asseoir sur vos genoux lors du thé. C'est vrai qu'il y avait du monde. Mais quel mal y a-t-il à vouloir câliner sa

mère en présence d'autres personnes.
Votre fils bien-aimé.

Chère mère,
Je ne comprends pas pourquoi j'ai été puni juste pour avoir éventré un lapin qui de toute façon aurait terminé sa vie dans notre cocotte tôt ou tard.
Votre regard m'a glacé quand j'y ai lu de la peur. Est-ce que je vous fais peur mère ?
Votre fils bien-aimé.

Chère mère,
Vous me manquez. Pourquoi ne venez-vous plus le soir dans ma chambre me lire des livres ? J'ai peur seul dans le noir.
Je veux me blottir contre vous, sentir votre chaleur et votre doux parfum de lilas que j'aime tant.
Votre fils bien-aimé.

Chère mère,
Aujourd'hui, j'ai eu envie de tuer un oiseau de mes propres mains. Juste pour voir ce que ça faisait de voir sa petite vie s'envoler peu à peu de son corps.
Pourriez-vous m'aider prochainement à réaliser cette expérience ? Je ne crois pas que les autres petits garçons aient envie de jouer à ça avec moi. C'est pour cela que je vous le

demande à vous qui m'aimez.
Votre fils-bien aimé.

Chère mère,
Votre froideur et votre distance me rendent
triste. Pourquoi ne me prenez-vous plus dans
vos bras ? Qui était ce monsieur venu ce jour
et qui m'a posé de drôles de questions comme
si j'étais une bête de cirque. Je ne suis pas une
bête de cirque. Je suis juste bizarre.
Mère, répondez-moi s'il vous plaît !
Votre fils bien-aimé.

Chère mère,
Et si je vous tuais pour vous garder près de
moi...
Votre fils que vous n'aimez plus.

Tous relevèrent la tête après lecture sans
qu'aucun n'ose dire quoique ce soit durant une
bonne minute. Enfin, Greg lâcha :

— Pauvre type, c'est terrible... Au fait,
pourquoi les lettres sont-elles signées Ditchi ?

— La famille de sa mère était originaire
d'Italie. Le surnom du petit était Dicci, mais à
dix ans, il l'avait toujours entendu mais jamais
vu écrit certainement. Du coup, il l'a
orthographié phonétiquement. Brody ramassa
délicate-ment les lettres recollées pour les
replacer dans une pochette en plastique

marquée de la mention « pièce à conviction ». Je voulais quand même que vous sachiez pourquoi tout cela était arrivé. A t-on des nouvelles d'Alexandra Moore ?

— Elle est rentrée chez elle et s'est de suite remise à écrire, dit spontanément Gabriel.

Brody et Grégory le regardèrent étonné qu'il soit si bien au courant. Sofia fixa ses chaussures sans rien dire.

— Quoi ? Gabriel s'adressait à son frère et son père. Elle m'a laissé son téléphone. Se faire menacer par un flingue par le même mec, ça crée des liens...

— C'est sûr..., prononça Grégory avec un sourire en coin. Bon, c'est pas le tout, mais j'ai des photos à faire pour l'Abysse du lac moi, je file !

— Ouais, moi aussi, j'ai à faire au corral. Une jument doit mettre bas, dit Sofia.

— O.K. Brody voulut se lever un peu trop vite et se ramassa dans un grand fracas de béquilles.

Les trois autres se précipitèrent pour l'aider à se relever.

— Ça va, ça va, foutez le camp, je vais m'en sortir tout seul !

Ils sortirent et dès qu'ils passèrent la porte s'esclaffèrent.

— Petits cons ! cria Brody depuis l'intérieur de l'antre.

Clairière du chalet de Gabriel,
mars 2015.

Greg arriva au chalet. Son frère l'attendait sur la terrasse profitant des premiers soleils un livre à la main.

— Waouh, ce doit être passionnant, je t'ai encore jamais vu lire !

— Normal, t'es toujours occupé à traquer des truands.

Sans lui demander la permission, Grégory saisit le livre que Gabriel avait posé pour l'accueillir.

— Oh, mais c'est le nouveau best-seller de notre auteure ! Il est bien ?

— Oui. Quoique un peu trop ressemblant à certains événements à mon goût.

Ils passèrent une demie heure assis à juste admirer les eaux du lac qui scintillaient.

— On va pouvoir recommencer à pêcher en bateau ! dit soudain Gabriel.

— Oui, Brody s'est remis juste à temps de son entorse. J'imagine qu'il va t'appeler pour ça.

Sur ce, il décida de repartir, serra la main de son frère et descendit les marches. Il se retourna.

— T'es peut-être en voie de guérison…

— De quoi tu parles ?

— Gab… tu vas pas me la faire, je sais parfaitement qu'habituellement, tu ne lis pas…

— N'importe quoi ! Casse-toi !

Grégory démarra son pick-up l'air satisfait.

Gabriel reprit sa lecture, mais la délaissa après seulement quelques secondes, pensif. Son portable vibra dans sa poche. Il le consulta. L'écran affichait « Sofia ». Il ne décrocha pas.

REMERCIEMENTS

Je tiens à remercier en tout premier mes lecteurs qui me suivent depuis 2007 dans cette belle aventure de l'écriture à laquelle je ne m'attendais pas en écrivant mes premières lignes alors que j'étais enceinte de ma fille en 2002.

Vous êtes ma meilleure critique, mon soutien fidèle et ma motivation pour vous écrire des histoires toujours plus originales et distrayantes.

Merci à ma bêta-lectrice Rachel Vigneau qui a su soulever quelques interrogations et m'a permis notamment d'améliorer la scène sous le lac ainsi que quelques détails concernant les lettres.

Merci à ma fille, lectrice avisée qui sait me dire les choses avec tant de délicatesse pour le bien de mon écriture et avoir le recul nécessaire et a su aussi supporter d'attendre son repas quand maman oubliait l'heure tant absorbée par son livre.

Et bien sûr merci à vous mes lecteurs dont la fidélité exemplaire depuis 2007 me va droit au cœur. C'est grâce à vous que je peux continuer ma passion.